「オフィーリアには触れられる……なぜだろうな?」
「カカカカイル様!
私の前で酔っ払っていいんですか!?」

Contents

「好きです」と伝え続けた私の365日

プロローグ

「おはようございます、カイル様。本日も大変麗しい寝ぼけ眼《まなこ》で私は胸がキュンキュンです。好きです♡」

「おはようオフィーリア。残念ながら俺の女性嫌いはそうそう治るものではなさそうなのでお前の気持ちには応《こた》えられない」

記念すべき通算三百三十三回目の告白は、あえなく失敗に終わった。

◇◇◇

「また告白したわけ!? あんたも懲《こ》りないわね、オフィーリア」

銀食器を磨きながら、メイド仲間のアンは呆《あき》れたような視線を向けてくる。

「もうフラれて何回目?」

「ここに来てから毎日告白してるから、三百三十三回目」

私は両手で指を三本ずつ出す。三三三とするには手が一本足りないがまあ伝わるだろう。

お茶目に数を教えたのに、アンが「はぁ」とため息を吐いた。

「呆れた……数えてるわけ?」

「大事なことだもの」

日々は簡単に過ぎていくものだが、私にとってこの日々はかけがえのないものだ。

「たとえ三百三十三回毎日フラれていようと、私は愛を伝え続けるわよ！」

「メンタル鋼《はがね》すぎるわね……羨《うらや》ましいような、羨ましくないような……」

褒められているのか貶《けな》されているのかわからないが、おそらくその両方だろう。

いいのだ、他の人には理解されなくても。

カイル様に告白することは私にとっては重要なことで、そのために生きていると言っても過言ではない。

なにせ三百三十三日も続けているのだ。もはや私のルーティンでやめられない止まらない。

「アンも恋煩《こいわずら》いしたらきっとわかるわよ。そう、この焦《こ》がれるような――」

「どうでもいいから手を動かしなさいね、この恋愛脳」

「もう終わったけど」

「はっや！　なんだろう……どうせ勝てないってわかってるけど、あんたに仕事の速さで負けるのすごく屈辱……」

大変失礼である。

「それにしても、旦那様なんて、告白しても絶対に受け入れてくれないってことがわかっているじゃない」

そう、アンの言う通りだ。

「だって旦那様、極度の女嫌いだもの」

第一章

初告白

私は胸がはち切れそうにドキドキしながら、椅子に座っていた。

ついに会いたくてたまらなかった人と対面するのだ。

支給されたメイド服は働く人間のことをよく考えられており、通気性がよく、それでいて頑丈な生地でできていて、主《あるじ》の使用人への配慮が窺《うかが》える。

「待たせたな」

耳に心地いいバリトンボイスが聞こえ、うっかりうっとりしてしまったが、そんな場合ではない。

人間、第一印象で決まってしまうのだ。彼の中で『初対面でうっとりしていたヤバい女』認定は避けたい。

「本日からこちらで働かせていただくことになりました、オフィーリアと申します。平民なので姓はございません」

椅子から立ち上がり頭《こうべ》を垂れる。

姿勢のせいで相手の顔は見えないが、気分を害した様子はなさそうだ。おそらく私のうっとり顔は見えなかったと考えていいだろう。

「そうか。君の配属を決めたいのだが、得意なことはなんだろうか」

私はアピールするチャンスだと思い、顔を上げて言った。

「なんでもできます。洗濯も掃除も得意ですし、料理もできます。特にお茶を淹《い》れるのには自信がございます。あとは庭木の世話も完璧に行えますし、経理や、いくつかの言語も修得しておりますので翻訳なども。なんでも使える人間ですので、どうぞ使い倒してくださいませ！」

どうだ私の有能さは！

ここぞとばかりに自分のできることをこれでもかと述べたが、カイル様は少し眉を顰《ひそ》めて言った。

「逆に使いにくい」

なんと！

精一杯アピールしたというのに、カイル様が少し引いている。なぜ。使い勝手がいいことをアピールしただけなのに！

ああ、しかし、その引いている様子も実に美しい。

カイル・フリンドン。

私の主になる人物で、私がここで働くことを決めるきっかけとなった人物だ。

できることが多すぎて気持ち悪いのだろうか。まさかすでに嫌われてしまっただろうか。

私がハラハラしながらカイル様を見ていると、カイル様は顎《あご》に手を当てて、考え込んだ。

「できることが多すぎるな……でも茶か……。アーロンはあまり茶を淹《い》れるのがうまくないからな」

カイル様が私を見る。

「でも女か……」

カイル様はがっかりした表情になった。

彼がそうなるのも仕方ない。

そう、カイル様は——女嫌いなのである。

◇◇◇

カイル・フリンドン公爵閣下。

突然両親を亡くし、若くして公爵家を継いだ二十二歳。独身。

母親譲りの美貌を備え、艶やかな黒髪は風に靡《なび》くたびに多くの女性を虜《とりこ》にし、その紫の瞳に見つめられると魂が抜けると噂される、女性にモテモテの若き当主である。

そう、モテた。非常にモテた。

モテすぎてしまったのだ。

来る日も求婚、来る日も求婚。好かれすぎて待ち伏せされるのは当たり前。パーティーに参加すれば女性たちに取り囲まれ、身動きは取れない。

毎日毎日大量のラブレターが届くが、まったく目を通すこともなく、執事に渡し返事も一任しているらしい。その量ときたら半端ではなく、ラブレターの返信で一日が潰れるらしいので、執事たちも日替わりで行っているようだと、メイドとして採用が決まった日に私にここの仕事を斡旋《あっせん》した人物が言っていた。

そう、それこそ、このリネンバーク王国の王太子殿下よりモテているかもしれない。

王太子妃は重責すぎるが、その次に身分の高い公爵の妻という座は、王族よりしがらみがなく、しかし王族に次ぐ身分ということで、とてつもなく魅力的らしい。

見た目よし、地位よし、財力よし、ちょっと笑顔が少なくてぶっきらぼうだが性格も悪くない。モテないほうがおかしいというわけである。

そうしたカイル様と結婚したいご令嬢たちの想いが、ただの純粋な恋心のままなら問題ない。だが、そうはいかないのが人間の難しいところだ。

彼女たちは徐々にカイル様の女性への無関心さに気付き、ついに焦《あせ》りから行動を起こす者が現れた。

好意というのは行きすぎれば恐ろしいもので、待ち伏せ程度ならまだ可愛いが、怪しい薬を使おうとする者、裏社会の人間に頼んでカイル様を誘拐しようとする者、一夜を共にしたと作り話を吹聴する者などが現れた。

そんなことが続けば、どうなるか。

そう、カイル様は女性不信に陥《おちい》った。女性恐怖症と言ってもおかしくないというか、もう女性恐怖症と言い切っていいだろう。女性が近くに寄るのを嫌がり、触れてこようとしようものなら、社交の場であろうと気にせずそれを振り払うほどで、カイル様の女嫌いは一気に噂になった。

噂になろうがカイル様の人気が衰えることはなかったが、求婚の数は少しだけ減った。

そんな女嫌いのカイル様が、私の扱いに悩んでいらっしゃる。

主が困っているのに放置するなど一生の不覚。

私は、カイル様に助け舟を出すことにした。

「カイル様。カイル様は私をおそばに置いてカイル様を好きになって面倒を起こしたら困るとお思いなのでしょう?」

まずカイル様がなにをここまで悩んでいるのか、本人に確認をする。

カイル様は仕事ができすぎる私に戸惑っているのではない。私がどういう女性かまだわからないから不安なのだ。

「そうだ」

カイル様が答える。聞いた人によってはずいぶん自分に自信があるのだな、と思うだろうが、実際魅力的すぎて被害に遭いまくっているのだから、おかしな返事ではない。むしろ彼の今までを考えると、これぐらい警戒するべきだろう。

でもその懸念は、私には当てはまらない。

私はカイル様に胸を張って言った。

「大丈夫です、すでに好きです！」

「は？」

しまった、端折《はしょ》りすぎた。

カイル様が子育て中の母猫のように警戒心を露《あらわ》にする。私は彼を落ち着かせようと、急いで続けた。

「いえ、安心してください」

「なに一つ安心できないが？」

それもそうだ。今好きだと宣言してきた女に安心などできないだろう。

だがわかってほしい、私はヤバいプレゼントを贈ったりしないし、どこに行くにもついて回ったりしない。それはそれは善良な、できるメイドなのである。

「俺に好意を持つ女は嫌いだ」

そう、彼は今まで散々、自分に好意を寄せる女性から大変な目に遭わされてきたのだ。嫌いで当たり前である。

「確かに私はカイル様に好意を持っております」

カイル様が威嚇《いかく》するように目を細めた。

「しかしそれだけです」

私はにこりと微笑んだ。

「想いを受け入れてほしいとも、愛してほしいとも言いませんし、ましてや今までのあなたのトラウマとなった女性たちと同じようなことは一切いたしません。私はただの一メイド」

私は胸に手を当てて宣言する。

「身の程はわきまえておりますので」

カイル様が全力で疑いの眼差《まなざ》しを向けてくる。

「そうか。信用できないから雇う話はなしだ」

「そんなご無体なこと、なさらないと信じております。だって私のことを一度雇い入れておりますでしょう?」

私は近くに置いていたカバンから、雇用契約書を取り出した。

「ほら、少なくとも十三日以降までは解雇できない取り決めです。十三日たって、必要ないと思ったら解雇できますが、それまではできません」

ここです、と私は契約書の該当箇所をカイル様に指で示した。

「なので、十三日間は働かせていただきます。解雇はそれ以降でお願いいたします」

最初の十三日間は解雇せず、その十三日の間の働きを見て、正式に採用するかどうか決めるのがこの国では一般的だ。

カイル様の住むこのフリンドン邸で働く使用人の条件も、そうなっている。

よって最低でも十三日間はここにいられるのだ。

カイル様が心底嫌そうな表情を浮かべた。

「俺に惚れている女は採用しないようにしていたのに……」

「今回は王太子殿下の紹介ですから断れませんでしたね。どんまいです」

「お前な……」

カイル様が呆れた声を出し、ふう、と深いため息を吐いて髪をかき上げた。そのしぐさの色っぽいことといったら。鼻血を出さなかったことを褒めていただきたい。

「もしおかしなことをしたら、クレイヴに正式に抗議をして辞めさせる」

クレイヴとは、王太子殿下の名前である。

「クレイヴの紹介だからと受け入れたのに、まさか俺に惚れている女だとは」

信用している相手からの紹介だったから、カイル様は女性である私を雇ってくれたのだ。ビバコネ入社。王太子殿下万歳である。

「王太子殿下の見る目は確かなので、ご安心ください」

「自分で言うか？」

「ええ、私はそれなりに仕事ができる自負がございます。必ずや必要な人材だと思わせてみせましょう」

今言った以外にもできることはたくさんある。だてに十八年間、波乱万丈に生きていないのである。

「それ以前に、俺に惚れている相手は論外だ」

「まあまあそうおっしゃらずに。なるようになります」

「だから、なんでお前が言うんだ……」

カイル様がげんなりした表情を浮かべる。その表情も素敵！

「しかし、お前の言うことにも一理ある。もう雇用契約書にサインしてしまっている以上、取り消しもできないからな……でも十三日後には辞めさせるから覚悟しておくように」

「そうならないように努力いたします」

カイル様がまったく私を信じていない顔をしている。騙《だま》し討ちのように雇わされることになったから怒っているのだろうか。それは大変申し訳ない。だがその分仕事で挽回するので許していただきたい。

「それから、十三日間は辞めさせられないからといって、変なことはするな」

カイル様にトラウマを植えてきた女性たちがしてきたようにストーカーや粘着をするなというのだろう。もちろんそんなことはしない。私はカイル様の安寧を望んでいる。

「もちろんでございます。ご安心ください。私はわきまえております」

カイル様が大大大好きだが、結ばれたいなどとは思わない。

カイル様が私を探るような目で見てくる。

「そうやって安心しろと言ってくる人間が一番信用できないんだ」

「では私が、そういう発言をして信用される初めての人間になりますね」

「お前のポジティブさには恐れ入る」

カイル様は警戒を解かない。

本当に安心できる人間なのだが。だって私ほど身の程をわきまえた人間などいないだろう。

チッ、とカイル様が舌打ちをする。

「クレイヴめ。きちんとした人間だと言っていたのに」

「きちんとした人間ですよ。わきまえていて仕事もできる。難点はカイル様に惚れていることだけです」

「それが一番問題なんだ」

カイル様はどうしたものかと、しばらく考えていた。

「お前は、本当に俺に変なことをしようと考えていないな？」

「はい」

そして私は大事なことを続けて言った。

「ただ、愛は伝えます」

日々のルーティンにするつもりである。他は譲れてもこれだけは譲れない。むしろこのためにこの屋敷に来たと言っても過言ではない。カイル様ラブ。

「それも控えろ」

「一日一度だけならいいでしょう？　なにも減らないですし」

どうにかこれだけは押し通したくてお願いすると、カイル様が呆れた視線を寄こす。

「……本当に伝えるだけだな？」

「はい。私はカイル様と懇《ねんご》ろな仲になれるなどとは思っておりません」

「懇ろ……お前会話の表現が硬いな」

「堅実な性格がよく表れているでしょう？」

「自信もな」

カイル様がじっと私を見る。その紫の瞳に見つめられると鼓動が速まる。

平常心平常心。たとえ心の中にいる私が「きゃー！　カイル様の瞳の中に映ったー！」と踊り狂っていようと、現実の私は澄ました顔をしなければ。

「……そうだな。同じ空間に長くいなければ問題はないだろう。茶を淹《い》れてすぐに下がるようにお願いしたい」

できれば近寄りたくない人間に仕事を振るほど、いつも飲んでいるお茶はまずいのだろうか。逆にすごく気になる。あとでカイル様のお茶淹《い》れを担当している方に、味見させてくれるようお願いしてみよう。

「かしこまりました。お茶係、頑張らせていただきます」

「茶を淹《い》れる以外は、メイド長の指示を仰ぐように」

「かしこまりました」

カイル様が満足して部屋から出て行こうとする。

「あ、カイル様」

「なんだ」

「お返事をお願いいたします」

「……は？」

カイル様が怪訝《けげん》な表情でこちらを見るが、私はそんなことでは怯《ひる》まない。

「先ほどの告白の返事をいただいておりませんので、お聞かせ願おうかと」

「…………」

一応私は告白というものをしたのだ。返事をもらわなければ。

両想いを期待する気持ちは毛頭ないが、告白にはきちんと返事をいただきたい。

「……聞くのか？　返事を？　答えがわかっているのに？」

「はい。わかっていてもそのお口から聞きたいので」

カイル様がドン引きしているが、気にしてはいけない。

そんなことを気にしていたらこの先やっていけない。

「……悪いが、俺は女性が苦手なので、断らせてもらう」

私はカイル様の返事に安心して、笑みを浮かべる。

「承知いたしました」

記念すべき一回目の告白は惨敗である。

◇◇◇

今、私は愛しいカイル様の横に立っている。

「朝からお姿を見られる幸運。神に感謝を」

「茶」

「はい」

私の神への言葉など気にせず用件のみ伝えてくるカイル様に、お茶を注いだティーカップをサーブする。

カイル様のお茶係として、初めての仕事である。

カイル様がその形のいい唇をティーカップに寄せ、お茶を飲まんとする。

ああ、私がティーカップになりたい。なぜ私は人間なのだ。あのティーカップになって朽ちるまでカイル様にお茶を提供したい。

「うるさい」

「なにも申しておりませんが」

「視線がうるさい」

おっと、うっかり視線で心の声を伝えてしまったようだ。

「申し訳ございません。好いた男性を目の前にして少し心躍ってしまいました」

「詩的な言い方をしても付き合わんぞ」

「もちろんでございます。これでフラれ記録二回目更新でございます。お付き合いいただきありがとうございます」

「…………」

カイル様は答えず、今度こそティーカップに口をつけた。そして――。

「……うまい」

カイル様が漏らした言葉に心の中で踊り狂った。

カイル様が！　私のお茶を！　おいしいとおっしゃった！

幸福である。やはり神に感謝を。

「自信ありげに言うだけあるな。合格だ。これから朝、昼、晩の食後にお願いしたい」

「かしこまりました」

「それ以外の時間は前に伝えたように、メイド長の指示を仰げ」

「はい」

カイル様がチラッと目線で退室を促すので、私はペコリと頭を下げて部屋から出る。

「ふう」

無事にお茶係になることができて安心する。

お茶係ならば毎日必ずカイル様に会うことができる。少なくとも朝昼晩、顔を見ることができるのだ。最高だ。神よ、私を今日まで生かしてくれてありがとう！

今日はいくらでも神に祈りを捧げられそうである。

「……なにをしているのです、オフィーリア」

「神に祈りを捧げています、メイド長」

「それは勤務が終わってから部屋でやりなさい」

「はい」

おそらく私を迎えに来たであろうメイド長に言われて、私は祈るのをやめた。

「仕事の指示をするからついてきなさい」

「はい」

私はメイドとして雇われたので、彼女が私の直属の上司である。

そして、私の仕事はお茶を淹《い》れるだけではないのだ。それだけでは給料泥棒がすぎる。

「あなた、なんでもできるんですって？」

メイド長が訊《たず》ねてきた。

「ええ。炊事洗濯、庭木の剪定《せんてい》。あとは裁縫もできますし、計算もできます。いくつかの外国語もできます。なんなりとお申しつけください」

「そんなに⁉　あなた今までどんな人生歩んだらそんなことになるの⁉」

私は今までの人生を、そっと振り返る。

「生きるのに懸命でした」

「まあ……」

メイド長が眉を下げる。

「苦労したのね。若いのに大変だったわね。先の戦争のせいかしら？」

つい一年ほど前、この国と隣国イズマールで戦争が勃発した。戦争というわりには被害は小さかったが、ゼロではない。

「いえ、その前からいろいろありまして。でも、そのおかげでなんでも一人でできるようになったので、いい面もありました」

この屋敷で働くことができたのもその苦労のおかげである。

メイド長が私に憐憫《れんびん》の表情を向ける。

「ここでは理不尽な目に遭うことはないから安心しなさい」

メイド長の言葉に私は頷《うなず》いた。そもそもカイル様がいるお屋敷でそのようなことがあるとは思えない。

彼は昔から清廉潔白な人間だから。

「ここよ」

指し示されたのは、庭だった。広大で、様々な種類の木が見える。噴水まであって、さすが公爵家、庭の規模が普通と違う。

ただし荒れ放題である。

「ここを綺麗にしてくれるかしら？　剪定はできるんでしょう？」

メイド長が確認してくる。

「はい。大丈夫です」

「じゃあお手並み拝見ね。次のカイル様のお茶の時間まで、お願いね」

メイド長はそう言って去っていき、私は荒れ放題の庭を見る。

「うん」

私は近くにあった、メイド長が用意してくれただろう剪定ばさみを手に取った。

「これなら大丈夫」

さて、仕事である。

◇◇◇

「メイド長。剪定完了しました」

「え⁉　もう⁉　嘘でしょう⁉」

自分が指示したはずなのに、メイド長は驚きの表情を浮かべていた。

「あれは午前中に終わる仕事ではなかったでしょう⁉　数週間かけて徐々に徐々に綺麗にしてもらおうと思っていたのよ⁉」

「え。そうなんですか？」

そんなこと言われなかったから普通にやってしまった。

でも本当に剪定し終わってしまったんだけど。

私が説明してもまったく信じてくれないメイド長を庭まで連れて行くと、彼女はポカンとした顔をして固まった。

「ほ、本当だわ……。庭師が腰を痛めて三ヶ月前から休職していて、だけどうちには庭の手入れができる人間が他にいないからと悩んでいる間に荒れてしまった庭が、元通りになっているわ！」

荒れ放題の理由がこれでわかった。

「剪定はすぐ終わってしまったので、草刈りもしてありますよ」

言いながら、草がぼうぼうと生い茂っていた箇所を指差す。久々の草刈りにノリノリになって根こそぎ刈ったので、見違えるほど綺麗になっている。

メイド長は信じられないといった様子で私を振り返った。

「あなた何者なの？　森からやってきたフェアリー？」

「メイド長、すごくファンシーなことをおっしゃっていますよ。お気を確かに。確かに私は才能あふれる妖精のような女ですが」

「あなたのその自信で目が覚めたわ。フェアリーはこんなこと言わない」

おや、先ほど私のことをフェアリーと言ったメイド長は、今は残念なものを見るような視線を私に向けている。どういうことだろう、もう一度フェアリーと呼んでくださっていいのですよ？

しかし、うっかりフェアリーなんて夢みがちなワードを口にしたことが恥ずかしいのか、頬が赤い。メイドのトップとは思えない愛らしさだ。

確か今年で御年《おんとし》四十五歳になるらしい。でも、毎日忙しく働いているからだろうか、若々しくてせいぜい三十代にしか見えない。羨ましい。私もメイド長を目指そう。

「もう庭仕事は終わってしまったので、やることがなくなってしまったのですが……」

手持ち無沙汰である。私の体力はまだまだ有り余っている。

「……そ、そうね、仕事ね」

メイド長はうんうん唸《うな》って考えている。

「……こんな扱いに困るメイド、初めてだわ。一度カイル様に報告したいから……ちょうどお茶の時間よね？　一緒に行って説明して指示を仰ぎます」

扱いに困ると言われた。仕事を完璧にこなしただけなのに。

しかしカイル様に会いに行けるのは嬉しいので、静かにメイド長に従う。朝は紅茶を淹《い》れたから、お昼はハーブティーでどうだろうか。まだ午後の仕事があるから、シャキッとするやつ……ペパーミントとかいいかもしれない。


「は？　化け物なのか？」

カイル様に報告するも信じてくれず、荒れ放題だった庭が生まれ変わった様子を目の前にしてようやく、ドン引きしながらも信じてくれた。なぜ引かれる。

「いえ、化け物だなんて。少々なんでもできる人間なだけです」

「お前のそのあふれる自信はどこから来るんだ」

どうなっているんだと言われても、自信にあふれてしまうのは仕方ない。事実私はなんでもできるし、マイナス思考な自分はとうの昔に捨てたので。

「どうですか？　これはもう十三日で追い出そうとは思えない仕事ぶりでしょう？」

「まだ一日目でなにを言っているんだ」

カイル様が鼻で笑う。

「とにかくお前をどうするかは十三日後に決める。それだけだ」

カイル様はそう言うと背を向けて行ってしまった。俺に関わるなよ、みたいな感じで去っていったけど、どうせこのあとお茶を淹《い》れるために部屋に伺《うかが》うので、再び会うのだが。どうしよう、空気読んでちょっと遅れて行くべきだろうか。

「ごめんなさいね、カイル様は女性を警戒してるから」

メイド長は、少し私に同情してくれているようだ。おそらく仕事ができることから心を開いてもらえたのだろう。やったね！

「いえ、いいのです」

そう、いいのだ。彼にどう思われようと。

「ただ『好き』を伝えられたらそれでいいので」

私の言葉にメイド長が戸惑っていたけれど、私はそれ以上なにも言わず、笑みを浮かべた。

◇◇◇

「本日も最高の美しさですね神も嫉妬《しっと》しますよ好きです」

「そうか俺はお前が好きではない」

就職十三日目。惨敗である。

しかしそれは私の望むところであるから、私はにこにことお茶を淹《い》れるだけだ。

そんな私のことがカイル様は不思議らしい。

「断られるとわかっているのに告白なんかして、なんになるんだ？」

「想いを伝えて満足する人間もいるんですよ。そう、この私です」

茶葉を蒸らし、ティーポットからティーカップにお茶を注いでカイル様に差し出す。

「本当にそれだけか？」

「はい。関係の変化など望んでいません」

私の言葉を聞きながら、カイル様がお茶を飲んで「ほう」と息を吐いた。

初日にはこちらを警戒していたカイル様も、十三日目ともなるとだいぶ慣れたのか、険しい表情が少し和《やわ》らいできた気がする。

私の告白にも慣れたようで、さらりと流すようになってきていた。

あとは私を解雇する気がなくなってくれていればいいのだが。

「昨日は掃除をしたそうだな」

「はい。離れの掃除と、ついでに修繕も。壁塗りなど久しぶりにやりましたが、なかなか上手にできたと思います」

久々すぎてドキドキしたが、ムラなく綺麗に塗れて大満足である。

「……なんでそんなことまでできるんだ」

「生きるのに必要だったので」

私の答えにカイル様が胡乱《うろん》な目を向けた。

「どんな人生を歩んできたんだ……」

「聞きます？　二時間ばかりあれば語り尽くせますが」

「いい、聞かない」

「ちなみに二時間の大半はカイル様の話です」

「なんでだ」

それは私の人生の重要な部分の大半をカイル様が占めているからである。

カイル様が呆れた視線を寄こすがその視線すら私にはご褒美である。

「……もういい。メイド長になるべく大変な仕事をさせろと命じてあるから、せいぜい頑張ればいい」

「もちろんでございます。全力でやらせていただきます」

おそらく私にキツめの仕事を振って、自分から逃げ出してほしいのだろう。だがそうはいかない。

というより、大変な仕事を振られているらしいが、私にとってはちっとも大変ではないし、やりがいがある。できればできた分だけ褒めてもらえるし、一緒に働く人たちはメイド長をはじめとして皆親切だし、給料もいいし。

むしろパーフェクトな職場なのでは!?

とは言いつつ、たとえ私が職場に大満足だろうと、結局はカイル様が決めること。

明日はちょうど十四日目。法律で解雇が可能になる日だ。明日が運命の分かれ道であるが、あのカイル様の様子では望み薄だ。

まあいい。たとえ解雇になろうとも、この十三日間の思い出を胸に終わることができるだけでも私は幸せである。

「今日は洗濯をお願いするわ」

メイド長に命じられ、私は大量のシーツや衣類を抱えて洗濯室に足を踏み入れた。

洗濯室には先客がおり、その人物は私を見つけると「あっ」と声を出した。

「あなた、オフィーリアよね⁉　噂は聞いているわよ！」

私より先に洗濯をしていたらしいメイドが私に話しかけてくる。まだ若い、私とそう変わらないのではないかと思えるメイドだ。

「鬼のような仕事量を一人でこなすハイパーメイドでしょう⁉　メイド長が褒めてたわ！」

なんとメイド長、私のいないところで褒めるとは。ぜひとも私のいるところで褒めてほしい。

しかし人間謙遜《けんそん》は大事である。私は首を横に振って言った。

「いいえ、それは買いかぶりです。普通の人ができない仕事量を飄々《ひょうひょう》とこなすメイドなだけです」

「めちゃくちゃ自信満々じゃない！」

堂々と言い切る私の言葉に、メイドの先輩であろう彼女は大きな声で笑う。

「いい性格しているわね！　気に入ったわ。私はアンよ」

「オフィーリアです」

「おしゃれな名前ね！　羨ましい」

「名前だけ大層で他は平凡なんですがね」

平々凡々。しかし私はこんな今の自分と今の生活をなかなか気に入っているのである。

「そうかしら？　あなた美人よ？」

アンが私を見て言った。

ボブカットにした茶髪に、青い瞳。特徴はと言えば、目がぱっちりしているところだろうか。

アンの言葉に、私は首を横に振る。

「本物の美人がこの屋敷にいるので、それに比べたら私は『それなりの美しい女』どまりだなと実感しています」

「自分でちゃんと美しいと思っているんじゃないの」

アンが呆れた声を出す。それなりの自信はあるのだが、本当に美しい人を知っていると胸を張って美人だとは言い張れない。

私の内心を悟ったのか、アンが言った。

「カイル様と比べちゃだめよ。あの人女性だったら国を傾けていたわよ」

ありえる。きっとカイル様をめぐって国同士が争うに違いない。

実際カイル様にお顔がよく似ていると言われるカイル様のお母様は、その昔、毎日のように国内外から結婚の申し込みが来て、その様子が劇の演目になったほどである。きっと想像をはるかに超えるモテっぷりだったのだろう。前当主様がどうやってカイル様のお母様を射止めたのか非常に気になるところだ。

「今日の洗濯、メイド長は本当はあなた一人でもいいんじゃないかと思ったらしいけど、一応ここで洗濯してもらうのは初めてだから、私も一緒にやることになったの」

アンが洗濯室にいたのは、たまたまではなく私のためだったようだ。

「なるほど。よろしくお願いします」

私がペコリと頭を下げると、アンがさっそく、ここでの洗濯の仕方を教えてくれる。

「洗剤はここで、汚れが取れないのはここで浸け置きね。あと――ってなにその量⁉」

「え？　あ、洗ってます」

「まって今私と話しながらもうそんなに洗ったの？　え？　嘘？」

「きちんと汚れも取れていますよ。見ます？」

「いや疑ってはいないけど！」

アンが少し引いている。

なぜだろう。私が仕事をすると皆引く。こんなにしっかり仕事をしているのに。

「噂は本当だったのね……すごい……あなた人間？」

「一応人類の枠には入っているかと」

アンが私の洗濯している様子をじっくり見つめるうち、引いたような表情から徐々に目を輝かせていく。

「すごいわ。すごい……これはもしかしたら人間国宝になれるかもしれないわよ」

「実は私もそうではないかと思っているんですよ」

「自信すごい。いやでもこれはすごくもなるわね」

アンが何事か考え込んでいる。

洗濯一緒にしないのかな。

「よし」

アンがなにか決断したようだ。

「決めたわ！　ちょっとカイル様に直談判してくるわ！」

「え？　なにを？」

「カイル様、あなたを辞めさせようとしているんでしょ⁉　それをやめさせるわ！　あなたがいたらどれだけ仕事が楽になるか熱弁してくる！　私が楽するために！」

アンは言うや否や、そのまま走り去ってしまった。

「仕事は……？」

取り残された洗濯室で、私は一人寂しく呟《つぶや》いた。

◇◇◇

「合わん……」

カイルは眉間に皺《しわ》を寄せて呟いた。何度見ても書類の数字が合わない。

「これを計算したのは誰だ」

「この間、仕事でミスが多すぎるからと辞めさせた経理係ですね」

「ああ……」

カイルは先日解雇した経理係を思い出して肩を落とす。そうだ、何度も何度もミスをするからついに辞めさせたのだった。

ミスするのがわかっているからなるべく大事な仕事は振らなかったのに、うっかり明日提出の重要書類を渡してしまったらしい。

「はあ……どこから間違えているのやら……」

「カイル様がなかなか解雇しないからですよ」

「いきなり追い出したら可哀想だろう。せめて準備期間をやらないと」

「本当に、顔に似合わずお優しい」

「おい」

カイルに対して遠慮なく物申すこの執事の名はアーロンといい、執事長の息子で、カイルとは兄弟のように育った。一応主従関係だが、カイルはアーロンに対して気安く接しているし、アーロンのことを友だと思っている。

「どうするんです？　明日提出ですよね？」

「ああ。なんとか今から計算し直す。提出期限を破るわけにはいかない」

いかに公爵といえど、書類関係はきちんと出す必要がある。むしろ公爵だからこそ厳しくチェックされていると言ってもいい。

だからミスがないように提出しなければいけない。

「下手したら不正を疑われてしまうからな……」

ふう、とカイルが深いため息を吐いたとき。

「カイル様ー！」

元気な声と共に扉が激しくノックされる。

「……誰だ？」

「アンです！」

アンは女性であるが、カイルを男性として見ない数少ない貴重な人材だった。

母親の代からメイドとして働いてくれており、信頼している人物である。

「入れ」

「失礼します！」

アンがずかずかと執務室に足を踏み入れ、カイルに近付いて言った。

「あんな人材どこから引っこ抜いてきたんです⁉」

「あんな人材……？」

「オフィーリアのことですよ！」

アンがカイルの机に両手をつく。使用人として褒められた行為ではないが、今は興奮しているから咎《とが》めないことにした。

「あれは百年に一人の逸材ですよ！　すごいですよ！　もうなにがすごいって言うでもなくなんかもう、すごいんですよ！」

「落ち着け」

「落ち着けませんよ！　絶対辞めさせないでくださいよ！」

アンがカイルに、にじり寄る。

「あの子がいてくれるだけでどれだけ仕事が楽になるか！　そもそもカイル様が女性嫌いだから、メイドの数が足りないんですよ！」

「その分男性を多く雇い入れているだろ」

「結局洗濯をやりたがる男性なんて全然集まらなくて、メイドだけいつも人手不足なんですよ！　男性の使用人はいっぱいいるのに！　こっちに配置換えしてくださいよ！」

「そ、それは……雇い入れたときにそういう条件で雇っているからどうにも……」

「どうにもならないなら、オフィーリアを辞めさせないでくださいよ！」

アンの言葉に、カイルは頭を抱える。

「だがあいつは俺のことが好きなんだぞ？」

「それがどうしたんです？　いいじゃないですか、好きなぐらい。ただ告白するだけなんですよね？　付き合ってほしいとか、プレゼント攻撃されたりしたんですか？」

「い、いや、それはないが……」

「じゃあ他になにか問題が？」

アンに詰め寄られ、カイルは黙った。

問題はある。カイルの気持ちの問題だ。

しかしそれを言ってもアンが納得するとは思えなかった。

アンの言う通り、メイドの人手不足は自覚しているし、それに対する問題解決の目途《めど》も立っていない。すべてカイルの女性恐怖症が原因であり、それによって彼女たちに負担を強《し》いているのだから強く出られない。

「とにかく、私たちメイドは、オフィーリアを辞めさせることに断固反対ですからね！」

アンは言いたいことだけ言うと、部屋を去っていった。

「嵐みたいでしたね」

「ああ……」

カイルはため息を吐いて、天を仰いだ。

「だが俺に好意を持つ女性をこのまま雇っていて大丈夫か……不安が残る」

「カイル様がそれでも雇いたいと思えるほどの理由があれば、カイル様自身も納得できるんじゃないですか？」

「と言うと？」

アーロンがさっと書類をカイルの眼前にかざす。

それは先ほどの計算の合わない報告書だった。

「彼女の有能さ、見せてもらいましょう」

◇◇◇

「経理ですか。もちろんできます」

呼び出したオフィーリアはなんでもないことのように答えた。

「……初日にもそう言っていたが、本当にできるんだろうな？」

「はい。私、有能なメイドですので、なんでもできます」

自信満々に胸を張るオフィーリアに、カイルは疑いの目を向けたまま、書類を渡した。

「これを今日中に直してほしい」

オフィーリアは書類を見ると確認するように呟いた。

「イズマールとの戦争での諸経費ですね」

「そうだ」

一年前に始まった戦争。終戦したのは少し前のこと。このリネンバーク王国と隣接していたイズマール王国から仕掛けてきた戦争だったが、結果はリネンバークの勝ち。

イズマールは国を解体され、リネンバークの一部となり、王族は皆処刑された。

戦争はただ勝てばいいわけではない。それにかかる費用は莫大だ。前線に出ていたカイルも、かなりの戦争費用を使った。最終的にイズマールからの賠償金でチャラにはなったが。

そして今回問題になっているのはその戦争での諸経費の計算ミスである。

「戦争が終わってから少したちますが、ずいぶん提出が遅いのですね」

「カイル様は前線に立っておられたので、期限を長く設定してもらえたのです」

「なるほど」

カイルの代わりにアーロンが答えると、オフィーリアが納得した様子で頷いた。

「かしこまりました。では他にも必要な書類をいただきたいのですが」

「もう内容を把握したのか⁉」

手渡してまだ数秒である。

オフィーリアはやはり胸を張って答えた。

「ええ、私、速読も得意ですので」

そしてカイルに向き直る。

「去年一年分の戦争に使用した物品の購入記録をお願いします」

カイルに代わってそばに控えていたアーロンがさっと記録を手渡す。

「ありがとうございます。では一時間ほどお時間をいただければ」

「一時間!?」

手渡した記録は一年分。それなりに分厚く、正直今日中に確認が終わるかどうかだと思ったカイルは驚きを隠せない。

しかしオフィーリアは違う方向の驚きと受け取ったらしい。

「失礼しました。時間をかけすぎですね。では四十五分で直してまいりますので、少々お待ちくださいませ」

ペコリとお辞儀をしてオフィーリアは退室した。

「……どう思う?」

「これで直せたら天才ですよ」

まあ無理だろう。そう思いながら他の書類仕事をしていたところ。

「終わりました」

きっちり四十五分。

そんな馬鹿な、と思いながらアーロンと共に修正された書類を確認する。

間違いまみれだった書類は、正確なものとなっていた。

「どうやって……」

呆然《ぼうぜん》と呟くと、オフィーリアがケロッと言った。

「速読ができますので」

自分たちの想像している速さの速読ではない。

「君と働き続けられることを光栄に思います」

「アーロン⁉」

アーロンがコロッとオフィーリア派に寝返った。書類を渡した時点では、アーロンもできるわけがないと思っていたし、オフィーリアが辞めてもいいと思っていたはずである。

しかしアーロンはオフィーリアの有能さからあっさりオフィーリア解雇反対派になった。きっと頭の中では「これで自分の仕事の負担が減る」と大喜びしているに違いない。長年共にいる腐れ縁の友の考えぐらいすぐにわかる。

「カイル様、彼女を手放してはいけません。なんならもっとメロメロにさせて逃げないように囲うべきです」

「お前すごくクズな発言している自覚あるか？」

それでは惚れた弱みにつけ込んで女性をいいようにするクソ野郎である。カイルはそんなことをするつもりは毛頭ない。

「安心してください」

そんなカイルにオフィーリアが言った。

「私はすでにカイル様にメロメロでございます。命じられれば三回回ってワンと言えます」

絶対言うと思った。

「やめろ」

「こうしてなんだかんだ人に優しいところも好きです」

「わかります。悪者になり切れないんですよね」

「アーロンはさっきからどちらの味方なんだ？」

そう訊ねたそばから聞くまでもないことを聞いてしまったと反省する。

「もちろんオフィーリアさんです」

ほら、聞くまでもなかった。

自分に忠誠を誓っているはずの腹心までもがオフィーリアに懐柔《かいじゅう》されてしまった。

こうなればカイルも認めざるを得ない。

「オフィーリアの雇用を継続する」

こうしてオフィーリアは、公爵邸で働き続けることになったのである。

◇◇◇

さて、二週間と一日、つまりここに来て十五日目であるが、自分はまだここで働けている。当初の予定では二週間であっさりクビを切られると思っていたのに、い続けることができたことに、いまだ覚めぬ夢を見ているようである。

「つまりこれは夢の一幕……本日も好きです」

「そうか、夢から覚めろ。断る」

十五回目の告白もあっさり却下された。うむ、現実である。

私の淹《い》れたお茶でカイル様が一息ついているところを見るのは、なんとも至福である。やはり日々の暮らしに彩《いろど》りを添えるには恋することが大事である。今日も喜んでいる私の恋心は虹色である。

うっとりしている私に、カイル様が警戒心露《あらわ》に告げる。

「解雇しないからと言って、お前を信用したわけではない」

「もう十五日目の仲だというのにお前だなんて。ぜひ『オフィーリア』とお呼びください」

「呼ばない」

「さようですか。ですが『お前』は『お前』で距離感近い感じがときめきます」

「…………」

　ついにカイル様が黙ってしまった。

　その横ではアーロンさんが肩を震わせて笑っている。

「素晴らしいですよオフィーリアさん。このカイル様をここまで振り回せるのはあなたしかいないかもしれません」

「アーロン」

　カイル様が恨めしげな視線をアーロンさんに向ける。しかしアーロンさんは慣れているのか特にそれに反応しなかった。

「カイル様が女性にこんなにタジタジになっているのを見るのは初めてかもしれません」

「タジタジになどなっていない」

「というのは本人の主張です」

「アーロン」

　再び恨めしげな視線を向けられてもやはりアーロンさんは気にする素振りもない。

　カイル様の視線に動じないアーロンさんの代わりなのか、カイル様は今度は私にその視線を向ける。しかし私にとってその視線はご褒美なのである。

　視線を受けてうっとりする私の様子に気付いたカイル様は「はぁ」とため息を吐いた。

「もういいからメイドの仕事に戻ってくれ」

「かしこまりました」

私はぺこりと頭を下げて退室する。

廊下に出た私はスキップした。これはせずにいられない。

だって私は二週間を超えてこの場にいるのである。

とはいえ、今後解雇されないと決まったわけではないので、ぬか喜びとならないように頑張るしかない。

「オフィーリア!」

気合いを入れたところで、アンが私に声をかけた。

「アン」

「やったわね! 二週間超えたわね! カイル様に好意を持っているのに、二週間以上そばにいられたのはあなたが初めてよ!」

アンが興奮気味に私の両手を握ってブンブン振る。

「私が直談判したかいがあったわ!」

「カイル様になにか言ってくれたの?」

「言うわよ、言うに決まってるじゃない! だってあなた一人で何人分の仕事ができると思っているの? あなたを解雇するなんて大損害よ!」

「やだ、アン、よくわかってるわね」

そこまで言われると照れる。私は頭をかき、鼻を擦りながらえへへと笑った。

「あなたは相変わらず自信満々ね。でも私だけじゃなく、お母さんも進言してくれていたんじゃないかしら」

「アンのお母さん？」

お母さんなんて紹介されていない。それらしい人物に会った記憶もなかった。

「やだー、まさか気付いてなかったの？」

首を傾げた私に、アンが面白そうに笑う。

「メイド長のハンナは、私のお母さんよ」

「え」

メイド長。

私は脳裏にメイド長を思い浮かべた。

真面目そうで、ビシッとしていて、とても四十半ばに見えない美魔女。

「メイド長の娘ー!?」

驚いて指を差すと、アンがやはり面白そうに笑った。

「隠してることでもないから気付いてると思った」

「気付かない、気付かないよ!?　メイド長、子持ちなの!?　全然そうは見えない！」

「ちなみにアーロンは私の兄よ」

「兄⁉」

言われてみれば……似てる……気もしないでは……ない……？

「似てないのよね、皆」

「ごめん顔に出てた？」

似てないと思っているのが思い切りバレてしまった。

「いいのいいの。皆に言われるから。ちなみに父もここで働いてるよ」

「え⁉　誰⁉」

アンはいたずらっ子の顔で笑った。

「これから会えるよ」

◇◇◇

「どうも、執事長のジャックと申します」

ペコリ、と頭を下げたその人は、パリッとしたシャツに、燕尾服を着ている。白い口髭を生やし、白い髪もピシッとセットし、どこからどう見てもロマンスグレーな執事だった。

「私の父」

アンに紹介されて、執事長はにこりとほほ笑んだ。

「あいさつが遅くなりましたね。ちょうど休暇をいただいておりまして」

「ぎっくり腰だよ、年だから」

余計なことを言ったアンはほっぺをつねられていた。

「いえ、ほら、庭が荒れ放題でしたから、手入れしようとしたのですよ。……自分がもう若くないことを痛感しました」

執事長が遠い目をした。ぎっくり、辛かったんだろうなぁ……。

「はじめまして、オフィーリアと申します。ご家族でカイル様にお仕《つか》えしているのですね」

「ええ。カイル様には家族ぐるみでお世話になっている身でございます」

これぞ執事の中の執事。腰の調子はもう元に戻った様子の執事長に、思わず「エレガントッ……！」と言いそうになる。素晴らしき執事。

「これから長い付き合いになるでしょうから、仲良くしてくださいね」

「長い付き合いは、どうでしょうか……」

カイル様はいまだに私をそばに置きたくないようだ。

「おや、自信なさげですな。アンから、ありえないほどの自信にあふれた方だと聞いていましたが」

「いえ、自信だけはあるんですけど」

だって私、なんでもできるし。

「大丈夫です。カイル様は懐《ふところ》に入れた人間は無下にはされませんよ」

執事長が私を安心させるように語りかける。

そう、カイル様は優しい。

優しいから私のことも結局受け入れてしまうし、優しいから物事に慎重なのである。

かっこよくて地位もあってお金持ちで優しくて男らしくて、あれ、もしかしてカイル様って欠点がないのでは⁉

さすが私のカイル様！　パーフェクト！

「そうですね。一年はいられるように頑張ります」

そのぐらいカイル様のそばにいられれば私は満足なのである。

「ずっといられるわよ。カイル様にたとえ振り向いてもらえなくても働き続けたほうがいいわ。ここ、他ではなかなかないぐらい高待遇だもの」

確かにアンの言う通りだ。この国は他国に比べ賃金が高い傾向にあるけれど、その中でもここは特に条件がいい。それに加えてあのカイル様が雇い主だ。いつも求人には人が殺到するらしい。特に女性が。

しかしカイル様は自分に少しでも好意を持っている女性のことは雇わないので、女性の働き手がいつも不足している。

私？　私は王太子殿下という素晴らしき紹介者がいたので。ビバ！　コネ！

「基本きちんと仕事してたらクビなんてないはずだし……はっ！　まさか夜這いしようとか思っていないでしょうね⁉」

アンの言葉に私は首を横に振る。

「ないないない、それはない」

「よかったぁ」

アンがほっと安堵の息を吐く。

「いくら懐の深いカイル様でも、そういうことをする娘は即刻解雇してるからね」

「つまり過去にそういうことをした人間がいると」

「カイル様の女性恐怖症発症に一役買った人間がね」

なんということだ。可哀想なカイル様。私がそばにいれば、そんなことがないように完璧に警備して差し上げたのに。護身術も得意です。

「過去に行けないのが辛い」

「なにを考えているかなんとなくわかったわ」

私の嘆きを聞いていたアンの声に少し呆れが混じる。

「君はカイル様のことがとても好きなんですね」

執事長に言われて私は頷く。

「はい。カイル様に出会えたことが私の人生で唯一の幸福です」

「そこまで⁉」

アンが驚いているが、もちろんそこまでである。

私にとって唯一無二の存在、それがカイル様である。

「父さん」

私たち、というより主《おも》に私が盛り上がってるときに、アーロンさんがやってきた。

「どうしたアーロン」

執事長がアーロンさんに訊ねる。

「一ヶ月後のアレなんですが」

「ああ、アレか」

ほほう、アーロンさんは親にも敬語を使う感じなのですね。大変よきです。

ところで一ヶ月後のアレってなんですか。仲間はずれにせず教えてください。

「それについて王太子殿下が今からいらっしゃるそうで」

「もう着いたよ」

え。

突如増えた声に驚き、そっとそちらを見ると、王太子殿下が私の真後ろにいた。

「ぎゃあ！」

思わず飛び上がる私を見て、王太子殿下はニコニコ笑う。

「ごめん、驚かせちゃったかな？」

真後ろに人が立っていて驚かない人間がいるのだろうか。

「お早いご到着ですね、王太子殿下」

「俺はフットワークが軽いんだ」

ニコニコと人当たりのよさそうなこの人物。彼こそ、このリネンバーク王国の王太子、クレイヴ・リネンバーク、その人である。

後ろで一つに束ねられた長い金の髪はまるで絹糸のようにさらりと流れ、同じく金の瞳は光を反射してキラキラと輝いている。シミ一つない肌は滑らかで、さすが王族、手入れが行き届いている。カイル様とはまた違ったタイプの美青年である。もちろん私はカイル様派だけど。

え？　どうして平民の私が、一目で王太子殿下だとわかったかって？

だって私、そもそも彼の紹介でここで働いているので。

「ここの暮らしには慣れたかな？　オフィーリア」

「おかげ様で大変よくしていただいております」

私は王太子殿下に感謝を込めてペコリと頭を下げた。その後ろで「どうして王太子殿下と親しいの？　どういうこと？　話しなさいよオフィーリア！」と視線だけで訴えてくるアンに、

「あとでね」と目配せをする。

「アレの件で来たんだけど、ちょうどいいや。オフィーリア、一緒に来てくれる？　君のこと

もいろいろ聞きたいし」

「かしこまりました」

私はこれも仕事と快諾し、アンたち家族に手を振り、カイル様の執務室へ王太子殿下をお連れする。

「やあ」

明るくそう言った王太子殿下を見て、カイル様の眉間に皺が寄った。

「王太子殿下がお帰りだ。オフィーリア、お見送りしてくるように」

「なんで!?　あいさつしただけなのに!?」

この二人、仲がいいのだな。カイル様はご友人が少ないようなので、いいことである。

「アレを承諾したお前が悪い」

「俺だけの力でどうにかなることじゃないんだよ」

どうもカイル様はアレについて怒っているらしい。そろそろ私にもアレについて教えてほしい。

「とにかく、アレについては決定事項だ。しばらくは我慢してくれ。あとは拗《す》ねないで準備をしろよ、もう一ヶ月後には来ちゃうんだぞ――」

なにが来るのだろう。人か物か。

「――婚約者が」

……こんやくしゃ？

「え」

こんやくしゃ。

婚、約、者。

婚約者。

「えー」

婚約者⁉

カイル様に⁉

初耳である。カイル様マニアの私、一生の不覚！

「カイル様、婚約者がいらっしゃったんですか⁉」

どうして教えてくださらなかったのか。はっ、もしかして私が嫉妬からなにかすると思われたのだろうか⁉

そんなことは絶対にしません！　カイル様が幸せに暮らすのが私の目的であり幸福、つまりカイル様の幸せ家族生活を邪魔するなどもっての外《ほか》である！

「違う」

え……違うの？

カイル様とまだ見ぬ婚約者様が幼いお子様と手を繋いでキャッキャウフフしてる想像をした

ところでカイル様の「違う」発言が耳に届いた。

「『正式な』婚約者ではないと思っているんだよな、カイルは」

「どう考えてもそうだろう」

カイル様は煩わしそうな表情を浮かべた。

「祖父同士の口約束だ」

あ、なるほど。

私は合点《がてん》が行き、一人頷いた。

「つまり、カイル様は婚約者ではないと思っているけれど、お相手はそうではないと」

「そういうこと」

カイル様に代わって王太子殿下が答える。

「向こうはカイルが何度ただの口約束だと言っても認めないんだよ。口約束でも婚約は成立するって言ってね。まあ成立するパターンもあるんだけどね、両家の当主が納得していたら」

そして残念ながら、当主であるカイル様が納得していないから成立していないと。

「でも口約束とはいえ、カイルの祖父が結婚させると言ってしまっているから、そこまで邪険にもできない。そしてカイルとまったく結婚の話が進展しないまま、しびれを切らしたお嬢様がこちらに来るというわけだ」

王太子殿下が状況を説明してくださった。だからカイル様はこんなに嫌そうなんだ。

「こちらに来る、とおっしゃっていましたが、そのお嬢様はカイル様のお屋敷に滞在する予定なのですか？　そうだとすると、噂の種にもなりますし、お嬢様も余計勘違いされるのでは？」

「そうなんだけどね。そのお嬢様――ヒルダは辺境伯の娘なんだけど、その辺境伯が最近武勲を立ててね。その褒美として、カイルの家にしばらく娘を置いてほしいとお願いされたんだよ。さすがにそのささやかと言えるお願いを無下にできなくてね……」

　確かに勲功を立てた人間の願いが金でも領地でもなく、娘をカイル様のところにしばらく置いてほしい、というものだったら断ることはできないだろう。

　しかし父親がそこまでするとなると、お嬢様は相当カイル様と結婚したがっていると見える。

「あ！　でも安心して！」

　王太子殿下が明るく言った。

「俺も住むから！」

　……はい？

「王太子殿下も滞在されるのですか……？　ここに……？」

「ああ。だっていくらなんでも若い男女を一つ屋根の下に置けないだろ？　俺がいれば不埒《ふらち》なことができないってわかるからな」

　確かに王太子殿下の前でそのようなことをするのは相当度胸がある人間だけであるし、女嫌いであるカイル様は絶対しない。つまりここに来るお嬢様への抑止力となる。

「俺自身が住むことによって二人にやましいことはなかったという証明になるからな。友を心配してのこの行動、感謝しろよな」

「厚かましい。お前が承諾しなければよかったんだ」

「だから〜」

王太子殿下がもう一度カイル様に説明しているが、カイル様は右から左に聞き流している。カイル様にとって理由など、どうでもよくて、とにかく自分に気がある女性と一時とはいえ一緒に住むのが嫌なのだろう。

王太子殿下は聞く耳持たないカイル様に説明するのをやめて、話題の矛先《ほこさき》を私に向ける。

「ところで、オフィーリアの働きぶりはどうだ？」

「なんだ、それが本題か」

「紹介したのは俺だからな」

そう、私は王太子殿下の紹介でこのフリンドン公爵家で働かせてもらっている。

たぶん王太子殿下の紹介でなければ働くことはできなかった。それぐらいカイル様は女性を雇い入れることに慎重だ。

カイル様はチラリと私に視線を向ける。

「どうして俺に惚れている人間を寄こした？」

「それが問題にならないほどの有能さがあったからかな？」

王太子殿下が私を安心させるように目配せをする。気遣いのできる人だ。カイル様がいなければ、この国で一番モテる人間は王太子殿下だっただろう。しかし、カイル様がいる以上、カイル様の魅力を越えられない。いや、私の偏見が入った。私がカイル様派だというだけである。

「実際助かっているだろう？」

王太子殿下に言われ、カイル様は、またチラリと私に視線を寄こした。その視線を向けられただけで私は天に召されそうです、アーメン。

しかし、今ここで召されてしまうと多大な迷惑をかける。まだそのときではない。私は私のわがままでここにいるので、せめて一年後にしよう。そうでないと紹介してくださった王太子殿下にも申し訳が立たない。最後までわがままを貫き通そう。

「まあな」

カイル様に認められる至福。やはり召されそう、アーメン。

「どこで見つけてきたんだ？　そうそう転がっていないだろう、こんなでたらめ人間」

「ちょっと貴重なところから拾ってきたんだ。なかなかいないから大事にしてくれよ」

でたらめ人間。なんでもできすぎるから自分でもそう呼ばれるのは納得だ。私、超有能。

「なんでお前が雇わなかったんだ？　手元に置いておいたほうが得だろう？」

「本人の希望でな」

二人の視線を感じ、私は胸を張って答えた。

「働くなら惚れた相手のもとがよかったので！」

「ここまでくるといっそ清々しいな」

呆れられているが、本心である。やはり死ぬまでに一度ぐらい、たとえ想いが通じなくても心底愛した相手のそばにいたいのが女心というものだ。たぶん。

「そんなわけで、これからも大事にしてやってくれ」

「雇う以上はきちんと他の使用人と同じように扱う」

カイル様から大事にするというニュアンスのお言葉をいただいてしまった。カイル様は使用人を大切にしている。そしてそこに私も含めてくれるという。カイル様の嫌いな、カイル様に惚れている女だというのに、なんという懐の深さ！　さすがカイル様！　好き！

「そうそう、それでヒルダの話だけどな」

王太子殿下が話を元に戻す。

「そんなに彼女に言い寄られるのが嫌なら、風よけを作ればいいじゃないか」

「そんなものどうやって作るんだ」

スッと王太子殿下が私を指差した。

「ここにいるじゃないか」

私とカイル様がしばらく沈黙する。

「え？」

「は？」

ほぼ同時に疑問符を口にすると、王太子殿下がにこやかに言った。

「オフィーリアを風よけにしよう」

第二章　カイル様の婚約者

こんにちは。オフィーリア改め風よけです。

風よけってなんだよと思っていましたが、こういうことだったらしいです。

「オフィーリア、こっち向いて！」

「あ、はい」

私は今、メイドのアンに化粧されている。

着ているのはなんと、一介のメイドは絶対一生縁がないであろう、高級ドレスである。

そう、ドレスを着ているのだ、私。

「うんうん、いいんじゃないか？」

私を風よけにさせた張本人、王太子殿下は満足そうに頷いている。

「あの……いまだに状況についていけてないんですけど……」

「カイルがヒルダに言い寄られるのが嫌だったら、すでに相手がいることにしたらいいんだよ。カイルほどの地位なら相手は誰でも選べる。貴族でなくても、人間なら誰だっていい。そう、それがメイドだろうとね」

つまり、王太子殿下の筋書きはこうだ。

カイル様は女嫌いだったが、ある日たまたま出会った平民のメイドの私と恋に落ちる。それはもう燃え上がるほどの恋であり、私以外目に入らない。そのうち私と結婚するし、私以外の女性は相変わらず嫌いなので、他の女性と結婚する気はない。だから諦めてほしい、というものである。

これ……諦めるか……？

少なくともヒルダ様とやらは絶対に納得しないだろう。わざわざこの屋敷に住み込んでまでカイル様を懐柔しようと思っている女性だ。カイル様への想いは生半可じゃないだろうし、ポッと出てきた女にカイル様を奪われるなど、業腹だろう。

え、待って私、刺されたりしないよね？　護身術もバッチリだから避ける気満々ではあるけど避けたら余計怒ったりしない？

「あの、これ本当に大丈夫なんですか？　あとで『やっぱり結婚しませーん！』って言って全部なかったことに本当にできます？」

どうしたって、平民の小娘を恋人にしたという噂は流れるだろう。カイル様は社交界でも注目の的だ。人の口には戸が立てられない。

カイル様に風よけが必要な間は私との噂があってもいいだろうが、いざ本当に結婚したい相手に出会ったとき、メイドに手を出した男と見られるし、しかもそのメイドと結局は結婚しなかった不誠実な男と見られないだろうか。

そのせいでカイル様が好きな相手と結ばれなかったらどうしよう。私は天国に行けなくなるかも。

「大丈夫大丈夫。それぐらいでどうこうなるほどカイルの地位は低くない。なにも困ることないさ」

「でも相手の女性の心理的に……」

「そもそもあいつが結婚できる可能性の低さのほうが問題だ。オフィーリア、本当に結婚したら？」

軽く言われ、私は大きな声で反論した。

「そんな恐れ多い！」

今ので化粧が崩れたかもしれないが、構わず私は続けた。

「カイル様は公爵家当主で顔も身体も整っていて、声すら美しく、それはもう私からしたら雲の上の人なのですよ。カイル様と私なんて並ぶと月とスッポンなんですよ。つまり私にはもったいなさすぎるんですよ！」

カイル様と結婚など、そんなことできるはずがない。

「オフィーリアは自己評価が低すぎないか？」

「いえ、カイル様という存在が至高すぎるんです」

カイル様はこの世の宝、奇跡の存在なので。

「あ、そう」

王太子殿下がスンッとした表情をする。王太子殿下、なぜ急に心を閉ざしたんです？　もっとカイル様の話をしましょう？

「もったいなさすぎるなら、なぜいつも俺に告白してくるんだ？」

カイル様が部屋に入ってきた。

私はまだ準備中なのに、着替えている最中かもしれないとか考えないのだろうかと思ったが、そもそも王太子殿下がすでに部屋にいるし、そんなことはもうどうでもいい。

「かっこいい……！」

カイル様もドレススーツを着ているのだが、そのスーツのまた似合うこと。

カイル様は普段から最高にかっこいいが、今日はさらにイケメン度が増している。髪も後ろに撫でつけられ、それが嫌味じゃなく似合っている。

「本日も大変かっこよく麗しく、すべての人類が虜になること間違いなしです。好きです」

「そうか、断る」

四十六回目のプロポーズも無事に惨敗である。

日課を終わらせ満足な私をカイル様がじっと見つめる。なんだろう、朝食のホットケーキにラズベリージャムをたっぷり塗りたくったことがバレただろうか。空にしたジャムはまた買ってきます！

「なかなか似合っている」

「え」

もしや今、私は褒められているのではないだろうか！

「ああああありがとうございます！　一生着ています！」

「やめろ」

ドレスはとても動きにくくて仕事がしにくくなるが、カイル様が褒めてくれるのならそれぐらいの苦労なんてことない。

しかしカイル様がやめろと言うのであればもちろんやめる。私はカイル様限定のイエスマンなので。

カイル様は私を上から下までじっくり見ると頷いた。

「これなら俺が惚れたと言ってもそこまで不思議ではないだろう」

仮にの話であるが、自分に惚れたというワードを聞いて、恋する乙女で喜ばない者はいないだろう。しかもさっきの言葉はつまり、私の今の見た目がカイル様のお眼鏡に適《かな》っているということである。嬉しさ倍増。

「ありがとうございます。その言葉を胸に私はもういつ死んでもいいです」

「そんな死因はやめろ」

「カイル様が言うならやめます」

カイル様限定イエスマンなので私。ここ大事なことなので二回言いました。

「ところで私がドレスアップする必要はあったのでしょうか？」

「今日はヒルダとの初対面だからね。第一印象が大事じゃないか。豪華なドレスはカイルが君に入れ上げているという証拠になる」

「はあ。なるほど」

「勝負服だとでも思えばいいよ」

確かにドレスは女性にとって勝負服なのだろうが。

「これ、明日からも着るんですか？　仕事しにくいんですけど」

ドレスを着ていてもできなくはないが、やはりメイド服のほうが動きやすいし落ち着く。あとドレスは汚す心配もある。今回のためにわざわざカイル様に買っていただいたドレスを汚すなど万死《ばんし》に値する。

「いや、明日からは普通にメイド服で働いていいよ。君が働きたがっているだとかなんだとか言えばヒルダも納得するだろう」

「さようですか」

「さらにドレスのデザインをカイルと合わせることでより二人の仲の良さをアピール！　それを見たヒルダが『プンプン！　もういいわ！』となるといいなと思ってる」

なるほどなるほど、それでドレスとスーツが揃いのデザインなのか。うっかりペアルックを着られただけで私は大満足というか、昇天しそうな気持ちです。このドレスはここを辞めるときの退職金に含めてくれないだろうか。お金はいいので。私の棺《ひつぎ》に突っ込んでほしいというか、これを着て棺に入りたい。

あれ、でも私って棺用意されるかな？　もしかしたらないかもしれないな？

どうなんだろう、と思っている私の肩に王太子殿下が手を置いた。

「今日だけはね、第一印象ってことで。元気に嫌われてきて」

いまだかつてこんな軽い調子で嫌われるように命じられることがあっただろうか。私はある。今である。

「かしこまりました。嫌われてまいります」

ちなみに計画を考えたのは王太子殿下なので、私の質問に答えてくれるのもほぼほぼ王太子殿下である。カイル様は面倒そうに王太子殿下の説明を聞いている。

「所作はいかがいたしましょう。一介のメイドに惚れた設定なので、庶民的にいたしましょうか。それともほどほどに上品さを残しましょうか」

私の質問に、今まで王太子殿下と私のやり取りを黙って見ていたカイル様が口を挟んだ。

「待て、そんな調節までできるのかお前は」

「もちろんでございます。なんでしたら、貴族のご令嬢のように、もしくは王族のように振舞うこともできます」

私はなんでもできるのでこんなことはお茶の子さいさいなのである。

「だからなんでそんなことを一介のメイドができるんだ？」

「生きるのに必要だったもので」

カイル様が王太子殿下のほうを向く。

「こいつは何者なんだ？」

「ただの君の信奉者だよ」

カイル様がまったく納得がいっていない表情をしているが、私は間違いなくカイル様信奉者だから王太子殿下の言葉は嘘ではない。

カイル様は王太子殿下から答えが引き出せないことがわかったのか、頭を横に振った。

「わかった。もういい。理解できないがそういうものなのだろう、お前は」

「わかっていただき、光栄です」

今はうまく説明できないので、私のことはそういうものだと思っていただきたい。

さて、ヒルダ様が来るまで、カイル様にお茶でも淹《い》れようかな、と思ったところで扉が開いた。

入ってきたのはアーロンさんだ。

皆なぜノックしてくれないんだ。着替え中だったらどうするんだ。私の裸ぐらいどうってことないと言いたいのか。これでも一応性別女性なんだぞ！

「ヒルダ様がいらっしゃいました」

急ぎの用だったようなので許そう。

私とカイル様と王太子殿下は顔を見合わせた。

ついに来た。

私はごくりと息を呑む。

「では、行こうか」

王太子殿下の一声で、作戦が決行された。

◇◇◇

「カイル様はまだですの？」

「少々お待ちくださいませ」

いらだちの滲《にじ》む若い女性の声と、その女性をなだめている執事長の声が聞こえる。執事長、病み上がりなのに大変だな。

「じゃあ二人とも、頑張って」

王太子殿下が私たちの背中をポンと押す。

「筋書き通りにやるぞ」

「かしこまりました」

さて、ここからが本番である。

私とカイル様は顔を見合わせ、そっとロビーに出た。

女性はカイル様の姿をみとめた瞬間、ぱあっと顔を輝かせる。

「カイル様！」

これはまた、カイル様の婚約者だと言い張るだけのことはある。

赤い色が印象的な、ウェーブがかった長い髪。意志の強さを感じさせる、宝石のような輝きを放つ緑色の瞳。すっと伸びた鼻筋に、シミ一つない新雪のような肌。身長は私より高く、ピンと伸びた背筋が彼女の美しさをより際立たせている。

文句なしの美人である。

これだけ美しければ、己に自信もあるのだろう。ヒルダ様がわざわざこの屋敷に来た理由が手に取るようにわかった。自分ならカイル様を振り向かせられるという自信があるからだ。

しかし残念ながら、その美貌もカイル様には効かなかったようである。

カイル様の表情でわかる。この美人を目の前にしても、面倒だという気持ちしか持っていないことが。

そのカイル様以外は誰もが認める美人は、カイル様の隣にいる私に気が付くと、キッと目を釣り上げた。

「誰ですの？　その女性は」

まるで親の仇《かたき》のように私を見るヒルダ様。作戦通り、さっそく嫌ってくれたようで安心した。

「遠路はるばる来ていただき、感謝する」

カイル様が家主としてあいさつを述べる。

「婚約者に会うのですもの。これぐらいどうってことないですわ」

どうってこと、と言っているが、辺境伯はリネンバーク王国の要塞がある国境付近に住んでおり、一方この屋敷は国の首都にあり、かなりの距離がある。おそらく到着まで一ヶ月はかかったのではないだろうか。

しかし、婚約者に会えることを楽しみにしていたらしいヒルダ様に、疲れは見られない。

そんな彼女にこれから告げることを思うと胸が痛むが、カイル様のためだ。心を鬼にして演技を続けることとする。

カイル様の視線に促され、私は前に出た。

「今まで俺は女性嫌いだったが——運命に出会った」

セリフがちょっと臭くてもう少しどうにかならなかったのかなと思うが、台本を作った王太子殿下は、柱の陰から満足そうにこちらを見ていた。こういうセリフが好きなようだ。劇の演目は熱いストーリーが好きなタイプと見た。

「俺はここにいるオフィーリアと結婚する」

王太子殿下は満足そうだったが、カイル様は嫌になったのだろう。セリフはもっと長文でいろいろあったはずだが、すべて端折って結論を述べた。王太子殿下がガッカリしている姿が目に入った。

そして、ヒルダ様は口をパクパクさせて、身体を震わせている。

「だから、君と結婚することはできない」

カイル様の言葉を聞いて、ヒルダ様が声を張り上げた。

「う、嘘ですわ！」

ビシッと私を指差す。

「そんな女、今まで見たことないですもの！　どこの家門の者です!?」

もちろん見たことないはずである。平民なので、リネンバークの貴族にお目通りする機会などない。

「家門などない。平民だ」

「平民!?」

さらにヒルダ様の声に棘《とげ》が増す。

「平民と結婚なんてどうして!?　なにも得がないではないですか！」

貴族の結婚は、それによって大なり小なり、両家の間で利益がある。共同で商売をするためだったり、資金援助だったり様々だ。そのための政略結婚である。

しかし平民と結婚しても貴族側には利益がない。ゆえに貴族で平民と結婚する人間は、ほぼほぼいない。

しかし、たまに恋に溺れた若者が先走って結婚してしまうことはある。

そして今回の筋書きではその若者がカイル様である。

カイル様を恋に溺れさせた女だなんて、なんという役得。あの世でも自慢しよう。

「損得など関係ない。俺はオフィーリアに惚れているのだ」

今のセリフ、心のノートに刻みました。一生忘れない。

「そんなのわたくしを諦めさせるための嘘なのでしょう⁉」

その通りである。

しかしここで正直に言うわけにはいかない。

「ごめんなさい！」

私は顔を両手で押さえて伏せる。これだけで泣いているように見えるはずだ。

「私がカイル様を好きになってしまったからいけないんですっ！」

カイル様を好きなことは本当である。嘘と本当が混じっているから演技に、より説得力が増すだろうと思いながら泣いたフリをする。

本当に泣いてもいいのだが、目が腫《は》れるとそのあとの業務に支障が出そうだからフリである。

ヒルダ様のほうも、突然現れた平民の恋人に動揺して本当に泣いてるかどうかなど気にしているどころじゃないだろう。

「オフィーリアのせいではない。俺のせいだ」

カイル様は演技が面倒なのかやや棒読みだ。

しかしそれでも王太子殿下が「盛り上がってきた！」みたいな顔をしてこちらを見ているからいいのだろう、きっと。

「あなたにはわたくしという婚約者がおりますのよ！」

ヒルダ様が主張するが、カイル様が鼻で笑った。

「それは祖父同士のただの口約束だ。もうお互いの祖父も亡くなっている。無効だと何度も伝えてきたはずだが？」

「そ、それは……」

ヒルダ様が言い淀むぐらいだから、かなりの頻度で無効だと伝え続けていたのだろう。けれど彼女はそれを一切受け入れなかったのだ。

「口約束でも両家でなされた約束ですわ！」

「その片方の家の当主は俺だ。決定権も俺にある」

「……！」

ヒルダ様がグッと拳《こぶし》を握りしめ、私を睨《にら》みつけた。

「それで、わたくしではなく、その平民と結婚するとおっしゃるのですか？」

「そうだ」

実際は結婚などしないが。

「認めませんわ……」

ヒルダ様がブルブルと身体を震わせる。

「絶対認めませんわ！」

ヒルダ様が認めまいと、決めるのはカイル様である。

「カイル様はわたくしを女性だからと毛嫌いしておりました。わたくしのことをまだなにもご存じではありません」

ヒルダ様は自分の胸に手を当てる。

「その女より、わたくしのほうがいいことを必ず証明して見せますわ！」

「その必要はない。帰っていただきたい」

カイル様はいろいろ面倒になったのだろう。ハッキリ彼女を拒絶する。

「そうはいきませんわ。わたくしがこちらに滞在するのは父が武勲を立てたその褒賞。こちらにしばらくいる権利がわたくしにはございます」

その通りである。いくら家主のカイル様が出て行ってほしくても、ヒルダ様は国から正式にここに滞在する許可を得ている。なにか大きなトラブルを起こしたら別だが、まだなにもしていない彼女を追い出すことはできない。

「その間に必ずあなたの気を変えてみせます！」

「気など変わらない」

「あら、女性嫌いなあなたが、気が変わって彼女を愛したではありませんか」

本当はそれすら嘘でカイル様の気はまったくもって変わっていないのだが、今それを言うわけにはいかない。カイル様は否定したくても否定できなくて代わりに王太子殿下を睨みつけた。余計なことしやがってと思っているに違いないし、王太子殿下のあの顔は「盛り上がってまいりました！」と思っているに違いない。楽しそうだもん。

「わたくしは諦めません！　この、辺境伯が娘、ヒルダ・アンダーリン。あなたの心を奪い返してみせます！」

正々堂々と宣戦布告をしたヒルダ様は、こうしてこの屋敷に住むことになったのである。

◇◇◇

「まったく納得していなかったじゃないか、この馬鹿」

「痛い痛い痛い俺のほっぺ引っ張らないで！」

王太子殿下がカイル様に頬を引っ張られ、その美しい頬は伸び切っている。

カイル様から頬を奪い返した王太子殿下が両頬を押さえる。真っ赤になっててちょっと可愛い。

「とりあえず二人が恋人同士だと思わせたからいいんだよ。あとはオフィーリアが防波堤になってくれるさ」

「え」

私はまだやることがあるのか。

「どういうことだ？」

カイル様もわかっていないらしい。

はあー、と王太子殿下がため息を吐いた。

「二人とも恋愛経験がほぼないから、わからないかぁ」

これからどうなるのか理解できていない私とカイル様に王太子殿下が説明する。

「あのね、今ヒルダは、オフィーリアがいなくなれば自分にもまだ可能性があると思っているんだ。だからおそらく彼女はこれからオフィーリアに接触して、排除してこようとする。もちろんカイルにも接触してくるだろうけど、その頻度をオフィーリアがいることによって減らせるんだよ」

風よけってそういうことかー！

初対面の婚約者避けというだけでなく、長期的な防波堤になるということである。これは思わぬ大役である。

「お前、俺はいいとしても、それでオフィーリアになにかあったらどうするんだ？」

優しいカイル様が私の心配をしてくれている。私の心配を！　カイル様が！

幸福。これぞ幸福である。

「オフィーリアなら大丈夫だよ。ね、オフィーリア」

ジーンと感動していると、王太子殿下に話を振られた。

「はい。私は護身術も身につけており、自分で自分の身は守れます。刃物で向かってこようが暗殺者を雇おうがやり返してみせます」

「いや強すぎでは？」

私の事情を多少は知っている王太子殿下が引いている。なぜ……あなたが大丈夫だよね？と訊《き》いたのですよ王太子殿下！

「なあ、この女、本当に何者だ？　元暗殺者とかか？」

「そんな物騒なものではありません。ちょっといろいろできるだけのただの小娘です」

「お前のちょっといろいろは常識の範疇《はんちゅう》を超えてるんだよ」

なんと、そこまでだったのか！

私も自分ができる女だとは思っていたが、私の想像よりかなり一般人よりできてしまったらしい。

少しばかり今後は能力を隠したほうがいいのかもしれない。いや、でもやっぱりカイル様の役に立てるよう全力を出したいのでこのままでいよう。どうせ死ぬまで屋敷から出ない予定だし。

「ところで王太子殿下」

「なんだ?」

「さっきヒルダ様にあいさつしていませんでしたが、よかったのですか?」

「あ」

すっかり忘れていたらしい王太子殿下の間の抜けた声が漏れた。

◇◇◇

「やあ、ヒルダ嬢。遠くからよく来たね。俺は王太子のクレイヴ。俺もここに住まわせてもらうから、よろしく頼む」

夕食の席でようやく王太子殿下はヒルダ様にあいさつすることができた。

「王太子殿下もこちらに滞在されることは手紙で知らせていただいたので存じ上げております。ご配慮感謝いたしますわ」

ヒルダ様が優雅に頭を下げる。

未婚の男女が一つ屋根の下に二人きりとなると、カイル様だけでなくヒルダ様の評判も下がる。結婚するならまだいいが、カイル様がヒルダ様との結婚を拒否している以上、ヒルダ様の評判を下げるのは彼女の今後のためにならない。

「ところで」

とヒルダ様が私に視線を寄こす。

「なぜ、平民の彼女までこの席にいるのです？」

そう、実は私も同席して食事をいただいているのである。カイル様と同じ食べ物が目の前に並び、カイル様と同じタイミングで食している。ただそれだけなのにとんでもなく幸せに思えるから恋というものは恐ろしい。

「俺の恋人がいるのがおかしいか？」

「平民とは席を分けるべきでは？」

「平民以前に、俺の恋人だと言ったはずだが？」

バチバチバチ、とヒルダ様とカイル様がやり合っている。

ヒルダ様……気持ちはわからないでもないですが、惚れさせると言っていたのにそう反発しては、好意も抱かれにくいですよ……。

もちろん私がここにいるのも風よけとしてである。あと、お付き合いしている設定上、私がいないのは不自然すぎたからだ。おいしい食事を食べられてラッキーである。アンが羨ましがっていた。

しかし、それは使用人の食事が不味《まず》いということではない。このフリンドン公爵家は使用人にも栄養バランスを考えたおいしい食事が出される。使用人の食事をケチる主も多い中、ここはやはりよい職場だなと思う。私が前に住んでいたところより、よっぽど環境がいい。

とはいえ、やはり使用人の食事と当主であるカイル様に出される食事とは別物である。私はそれを一緒に食べられることに感謝しながらナイフとフォークを使っていた。

「ずいぶんマナーがよろしいですわね。カイル様に習ったのですか?」

ヒルダ様からのさっそくのチクリとした攻撃に、私は笑みを浮かべる。

「はい、それぐらいできていないと恥になるからと、ある程度のことは教えていただきました」

そんな事実はまったくないが、こうして設定を盛ったほうが風よけとしては正解だろう。

ヒルダ様はそれ以上突っ込むのが悔しいのか、黙ってステーキにナイフを入れた。彼女の反応によってさらなる返しを二十ほど考えていたのに、少し拍子抜けである。

思うに彼女は人にいじわるすることに慣れていない生粋《きっすい》のお嬢様なのだろう。意地の悪い人間だと「平民がそんなことを学んでも平民のままなのに」などと言いかねない。

「ヒルダ嬢の趣味はなにかな?」

王太子殿下が沈黙に耐えかねたのか口を開いたが、出てきた話題はお見合いのそれである。

カイル様がギロッと王太子殿下を睨みつけたが、王太子殿下はそっぽを向いた。

「わたくしの趣味ですわね!」

ヒルダ様は息を吹き返したように元気になった。

「わたくし、狩りが得意ですの!」

狩り……?

どこからどう見てもお嬢様なヒルダ様に、私たちは疑いの目を向けてしまう。

「疑っておりますのね！」

その視線に気付いたヒルダ様がキッと私を睨みつける。疑いの目で見ていたのは王太子殿下とカイル様も同じなのに、どうして私だけ睨みつけられるのだろうか。理不尽。

「こう見えて国境を守る辺境伯の娘、弓や剣についてはは心得がございます。ですのでいつでもカイル様の留守を預かることもできましてよ！」

さりげなく自分のアピールも交えて説明してくれたヒルダ様は、カイル様にチラリと視線を送ったが、カイル様はまったくヒルダ様を見ておらず、ニンジンのグラッセを召し上がられていた。本日のニンジンのグラッセ、おいしいですね、カイル様。

無視されて恥ずかしかったのか、ヒルダ様は顔を赤く染めると、今度は私を見る。

膝の上に乗せていた手袋を手に取りテーブルに投げつけようとしたが、料理が載っていることに気付き、オロオロしながら、自身の足の下に叩きつけた。

ヒルダ様、ちょっと優しい……そういうときは遠慮なく相手に投げつけていいんですよ、顔面とかに投げつけても平気ですよ、慣れてますから。

「決闘を申し込みますわ！」

ヒルダ様は手袋をこちらに投げられなかったからか、ビシッと私を指差して言った。その指の先にいる人物で誰に決闘を申し込んでいるかきちんとわかりますね！　配慮！

「どのような決闘でしょう？」

受ける前に訊かねばならない。ある程度のものは勝てる自信があるが、もし早食い競争だったり手料理だったり令嬢の極意だったりしたらもしかしたら負け――いや、勝てる自信しかないな。どれも得意です。

「狩りですわ！」

今その話をしていたじゃないか！　とばかりに顔をクワッとさせるヒルダ様。念のため、念のために確認させていただいたんですって！　その顔、仮にも好きな相手が目の前にいるときしちゃだめですよ！

しかし、狩りか。

私は数年前にした狩りのことを思い出した。うむ。

「いいですよ」

「いいんですの⁉」

まさかの私が怯まずに快諾したため、ヒルダ様は驚きの声を上げた。

「大丈夫です、狩りの心得がございます」

「どうして平民で女性のあなたに狩りの心得がございますの⁉　それもカイル様が教えたのですか⁉」

「いいえ、趣味です」

「趣味ですの!?」

なぜ驚くのだろう。ヒルダ様も趣味だと言っていたではないか。

「生きるために必要だったので」

その言葉を聞いた瞬間、ヒルダ様の表情が憐《あわ》れみを含んだものに変わった。ヒルダ様、表情がコロコロ変わりますね。わかりやすくていいですよ。

「まあ、貧しい生活をされておりましたのね」

「はい。ちなみに野生の生き物だとイノシシ肉や鹿肉もおいしいのですが、私のおすすめは熊です」

「あなた結構ガチな方ですのね。熊は確かにおいしいですわ」

ヒルダ様も狩りをするからだろう。野生動物の肉の話を振っても引かなかった。アンやメイド長に話したときは引きに引かれて会話ミスったと思ったがヒルダ様がいる間はそうした不安がなさそうである。

「狩りか……」

カイル様がふと手を止めた。

「そういえばしばらくしてないな……」

カイル様、この流れはまさか……。

「俺も参加しよう」

カイル様！　これ決闘の話！　気軽に参戦していいものじゃないです！

というか、あなたを奪い合っているんですよ！　本人が参戦してどうする⁉

「お、じゃあ、俺もやりたいな」

王太子殿下！　今までの流れで一番あなたが空気読めてないです！　国の上に立つ人間ならそれぐらい読めるようになってください！

「わ、わかりました……皆でやりましょう……」

ヒルダ様！　気を遣わず断ってもいいんですよ⁉　決闘に軽いノリで参加してくる外野なんて普通ありえませんからね⁉

普段人から突っ込まれることが多いのに、今回ばかりはこちらから突っ込まずにいられない。

「では明日決行しましょう！」

「急！」

やはり突っ込まずにいられなかった。

◇◇◇

「王家の狩場だから自由にできるよ」

軽い感じで言っているが、そんな簡単に借りていい場所ではない。

おかげで主催者であるヒルダ様が怯んでしまっている。

「い、一番多く狩ってきた人間が優勝ですわ！」

もはや趣旨が変わってしまっている。ただの狩り大会である。

「優勝したらなにをもらえるの？」

王太子殿下がまた面倒なことを言い始めた。

「え⁉」

ヒルダ様が動揺している。それもそうだろう。だってもともと決闘の予定だったし、昨日の今日でなにか用意できているはずがない。

「ええっと」

しかしなにか答えを出さなければと思ったのか、ヒルダ様が一生懸命考える。この人、やはり真面目な人だ。おそらく真面目な人だから口約束の婚約にも真剣なのだ。

「な、なにか一つ願いを言える！　……というのはいかがでしょうか？」

ヒルダ様が皆の反応を探るように上目遣いでこちらを見てくる。ちょっと可愛い。わざとではない愛らしさが出ている。きっとヒルダ様はカイル様に執着しなければすぐに相手が見つかると思う。

「いいだろう。それで婚約をなしにしてもらおう」

カイル様の言葉にヒルダ様がハッとするが、自分から提案してしまった手前、撤回もできないようだった。このちょっと抜けているところも可愛い。

「わ、わたくしが勝ったら結婚していただきますからね！」

ヒルダ様が負けじとカイル様に言い返す。カイル様はそれに返事もしなかった。塩対応カイル様……。

「えー。じゃあ俺はなんにしようかな」

王太子殿下が自分の願いを考えているところで目が合った。

「んー……まあ俺はいいか」

王太子殿下は欲しいものないのだろうか。なんでも手に入る人だからなぁ。なんと言っても国の次期トップ。

ちなみに私はカイル様の風よけとしては、勝ったらヒルダ様に諦めてもらうよう言う役だろう。

「では開始です！」

ヒルダ様の一声で狩りが開始され、皆が馬に乗って駆ける。

しまった、出遅れた！

私も急いで馬を駆る。馬に乗るのも久しいが、風との一体感がたまらない。

「あっ、鹿」

ちなみに本日狩ったものは食卓に並ぶ予定である。なので食べられない動物は狩らないというルールだ。無駄な殺生、ダメ、絶対。

手始めに私は見つけた鹿に狙いを定め、弓を引く。鹿は逃げる動作もなしに、そのまま射貫《いぬ》かれた。

「よし」

狩りの腕は衰えていない。あの頃のまま。

あの必死に生きていたときのまま。

「おっといけない」

感傷に浸っている間に、皆がどんどん進んでしまう。私も勝てるように励まなければ！

私は気合いを入れて弓を背負ってさらに奥に進んだ。

◇◇◇

さすがカイル様、イノシシに鹿に、熊まで狩っている。そしてヒルダ様も、得意と言うだけあってかなりの量だ。ちなみに肉が無駄にならないように、夕食に使わない肉は干し肉にして保存する予定である。無駄な殺生、ダメ、絶対。

そして王太子殿下は……と彼を見たらにこりとほほ笑まれた。

「俺、こういうの苦手！」

ウサギを生け捕りにした王太子殿下が元気に宣言する。そうなんでしょう、この結果を見ると。

「ちなみにそのウサギはどうするんです？」

「このまま飼うよ。ウサギって可愛いよね」

ウサギと私を交互に見た王太子殿下がこちらを向いた。

「ちょっとオフィーリアに似てるね」

……似てる、だろうか？

私は王太子殿下が捕まえたウサギを見ながら首を傾げた。どう考えてもウサギのほうが可愛い。

「優勝は決まったな」

カイル様が私と王太子殿下の間に入る。

「オフィーリア、願いはなんだ？」

そう、優勝者は私である。

なんでもできる女オフィーリア。そう、私は狩りも得意です。

そして今回は特に頑張った。だって……。

私がチラリとヒルダ様を見ると、ヒルダ様はビクリと身体を震わせた。これから私が言うことを予想しているのだろう。

そしてそれはカイル様も同じ。早く言えとばかりに迫ってくる。

私は申し訳なく思いながら口を開いた。

「カイル様の趣味はなんですか⁉」

私の大きめな声での問いに、辺りが一瞬静まり返った。

「は……？」

カイル様が信じられないという表情をする。

それもそのはずである。おそらく彼らは私がヒルダ様に諦めて帰れと言うと思っていたはずだ。

しかし、私はそれを選ばなかった。

「カイル様の趣味を教えてください！」

願いは言い変えないぞ、という気持ちを込めてもう一度言うと、カイル様は眉間に皺を寄せながら答えてくれた。

「領地の視察だ」

その言葉を聞いたその場の面々は、おそらく皆同じ気持ちになったはずである。

それは趣味じゃない。

◇◇◇

「なんでヒルダ嬢に諦めるように言わなかった」

夕食で狩ってきた鹿肉を食べたあと、私はカイル様の執務室に呼び出された。

「それは私が口を挟むことではないからです」

「なに?」

カイル様は不服そうだが、私は私の考えを口にした。

「ヒルダ様はカイル様が本当に好きなのでしょう。私は、その想いは無理やりに諦めさせるのはよくないと思います。そんなことをしたら、彼女はきっと心にわだかまりを残したまま、生きていくことになります」

彼女はフリンドン公爵夫人になりたいと思って来ているのではない。カイル様の妻になりたいのだ。

ただカイル様の地位に目が眩《くら》んで結婚したいというような令嬢なら、もっとその身分差を利用して平民の私を追い出そうとするだろう。

しかしヒルダ様は正々堂々と私と勝負をしようと言ってきた。それは、彼女の誠意に他ならない。

「カイル様も、一人の人間を不幸にしたいわけではないでしょう?」

カイル様は女性嫌いだが、別に女性に不幸になってほしいとは思っていない。

「今必要なのは、彼女の思いのたけを受け止めて、彼女に少しでも自分の気持ちが伝わったと思ってもらった上で諦めてもらうことだと思います」

彼女は自分の想いが通じていないと思ったから、ここまで来たのだ。他にいくらでもやりようはあっただろうに、カイル様と共に過ごしたいという、素朴な願いを心に抱いて。

「……その通りだな」

カイル様が重い腰を上げた。

「お前にすべて押しつけようとした時点で俺は彼女に向き合っていなかった。わざわざここまで来てぶつかってきてくれた彼女に対して、不誠実だったな」

カイル様は自分の非を認めた。

こういう人なのだ。身分も高く、傲慢《ごうまん》に振る舞っても許される地位にいながら、決してそれはしない。

カイル様は、そういう人なのだ。

そんなカイル様が私は好きなのである。

「ヒルダ嬢の気持ちに応えられないと、俺がもっと真剣に伝えるべきだった」

カイル様は、断る理由として「口約束だから」と言っていた。これではカイル様に惚れている彼女は納得できない。

「あとは俺がなんとかする。巻き込んで申し訳なかった」

その言葉を聞いて、私は笑みを浮かべた。

◇◇◇

「なんでわたくしに諦めるように言わなかったのですか」

おおう、似たようなセリフ、さっき言われたばっかりだ。

カイル様の執務室をあとにし、廊下を歩いているところをヒルダ様に捕まった。

「あなた、カイル様の恋人でしょう？　嫌じゃありませんの？　自分の恋人を好きだという女が同じ屋根の下に住んで、さらには結婚しろと迫っているんですのよ」

そもそも本当の恋人ではないので、私がカイル様にそのような感情を抱くのは恐れ多いことである。

しかしそれをヒルダ様に言うわけにはいかない。カイル様のあの様子だと、そのうちヒルダ様に真実を話しそうではあるが、カイル様本人が言わない限り私から伝えることではない。

よって偽恋人の演技は続行されているのである。

「あなたのことに関して判断を下すのはカイル様ですから」

私がそれだけ言うと、ヒルダ様は少し沈黙した。

「……あなたのこと、誤解していたかもしれませんわ」

「誤解？」

ヒルダ様は少し頬を赤らめてコホンと咳払いをした。

「あなたがカイル様を……その……籠絡《ろうらく》したのかと……」

「はい？」

どういう意味だろうか。

ヒルダ様は顔をさらに赤らめた。

「で、ですから……その、そ、その……夜の技術でも使ったのかと……思ったのです……」

夜の技術……？

夜……よる……あ、あ！　そういう⁉

「まさか！　こんな垢ぬけない女がそんなことできますか⁉」

「意外と清純そうな方ほどそういうのが得意だと……」

「誰情報ですか⁉　ちょっとその鼻へし折ってきます！」

「王太子殿下だからやめたほうがいいですわ」

「王太子殿下なんですか⁉　やっぱり顔面に一発決めてきます！」

「だめですわよ⁉」

ヒルダ様に引き留められ、ひとまず思いとどまったが、純真無垢そうなヒルダ様に要らぬ知識を吹き込むなど万死に値する。相手が王太子殿下？　それがなんだ。私は死すら恐れない女オフィーリア。王太子殿下の顔面ぶっ飛ばすぐらい怯まずにできる。

「直接そういうことを聞いたわけじゃないんですのよ？　いただいた本にそういうことが書いてあって……」

「セクハラじゃないですか！　やってきます！」

「今明らかに殺すほうでやるって言いましたわね⁉」

今すぐ殴りに行きたいが、ヒルダ様がまだ話をしたそうだったので、とりあえず我慢した。

「本については、わたくしがお願いしたのです。王太子殿下とは文通友達なので」

「文通してるんですか⁉　もうさっきからいろいろ気になって仕方ないんですけど、王太子殿下とどういう関係なんですか⁉」

そういえば、フリンドン邸に到着したときも、ヒルダ様は「王太子殿下が手紙をくれた」とか言っていた。てっきり自分も住むからと報告として送ったのかと思っていたが、もしかしたらもともと文通していて、そのやりとりの中で書かれていたのだろうか。

「王太子殿下とは十年ほど文通をしているのですが」

想像より長かった。それすごく友情育《はぐく》んでる。たぶんそれ親友と言ってもいいと思います。

「あ、直接会話したことなんて、ほとんどないんですわよ？　わたくし、基本的に領地で暮らしていて、こちらに出てきませんから」

それはもったいない。ヒルダ様ほどの美人、この王都に住んでいたら、ひっきりなしに声がかかっていただろうに。

でもそうであったとしても、彼女はカイル様が好きだからむしろ煩わしかっただろうか。

「最初はカイル様に手紙を送っていたのです。でもカイル様からの返信はなくて……けれどある日王都から手紙が届いて、カイル様からだと期待して開けたら、びっくりしましたわ」

そのときのことを思い出したのか、ふふふ、とヒルダ様が笑った。

「『やっほー、カイルだと思った？　残念、この国でカイルの次にモテる男、クレイヴでーす』……読んだとき消し炭にしてしまおうかと思いましたわ」

ヒルダ様のそのときの気持ちがヒシヒシと伝わってくる……。

「で、でも燃やさなかったんですね」

「ええ。王太子殿下から、『カイルから手紙は来ないから諦めろ』と書かれていたのですけれど、その通りにするのは悔しいから、ならば王太子殿下が返事をくれればいいだろうと返しましたの」

これもまたなかなかに強気な返答だ。相手はおちゃらけていても王太子である。

「そこから王太子殿下との文通が始まりました。わたくしの知らない王都のことや、カイル様について書いてあって、思った以上に楽しめましたわ」

ヒルダ様は本当に楽しかったのだろう。少し懐かしむように語る。

「本も、恋愛小説のヒロインのように、意中の相手を落とす方法が知りたくてお願いしましたの。あまり参考にならなかったですけれど」

「あの……王太子殿下に恋はしなかったのですか？」

それだけ長い間関係を築いていれば、そちらに気持ちが向いてしまいそうであるが。

「しませんわね。わたくしはカイル様一筋ですもの」

きっぱり言い切るヒルダ様。彼女の想いは一切揺るがなかったようだ。

私はこの機会に知りたかったことを聞いた。

「カイル様のどこがそんなに好きなのですか？」

失礼だが、ヒルダ様が屋敷に来てから、ヒルダ様に惚れられるような行動を、カイル様がしているようには見えなかった。

「聞いてくださる!?」

ヒルダ様は誰かに話したかったのか嬉しそうに両手を合わせた。

「わたくしとカイル様、実は幼馴染と言える間柄なのです。お互いの家は遠かったですが、祖父たち、そして両親たちも含めて、家族ぐるみで仲が良くて」

ヒルダ様は昔を思い出しているのだろう、遠くを見つめている。

「カイル様、今でこそ立派な体格ですけれど、出会った頃は他の子より小さいぐらいだったんですよ」

これぐらい、とヒルダ様は当時のカイル様が自分の腰ぐらいしか身長がなかったことを手で表した。

「そのときはどちらかと言えば弟のように思っていました。歳で言えばカイル様のほうが二つも上なのですが、女の子はほら、おませですから」

自分で言いながらヒルダ様は笑った。

「今日も狩りをしましたが、うちの領地は狩りが盛んで、その頃にはわたくしももう狩りをしていました。そして、忘れもしないあの日——その日はカイル様ご家族がいらっしゃったから、わたくし、大見得切って、大きな獲物を仕留めてみせると言って、いつもより森深くに入ってしまったんです」

私の脳裏に、幼いヒルダ様がやる気満々に弓を手にして森に入る姿が浮かんだ。

「でも、不慣れなところで、前日に雨が降っていたから……わたくし、急な下り坂になっているところで足を滑らせてしまって……元の場所に戻れないし、服も髪もドロドロで、寒くて、そのときに弓も落としてしまって、心細くて……泣いていたら、わたくしの膝から僅《わず》かに流れていた血の匂いを嗅ぎ取ったのでしょうね。狼がやってきたのです」

「お、狼ですか……!?」

武器なし、怪我あり。子供の頃のことだから、素手で攻撃してどうにかするなどまず無理だっただろう。怯えるヒルダ様の姿は想像に難くない。

「ああ、わたくし、ここで死ぬのだな、と思ったときに……カイル様が来てくれたのです」

ヒルダ様が頬を赤らめる。

「剣を片手に……いろいろと走り回って探してくれたのでしょう。ズボンも泥まみれで、息を荒くしながら、カイル様は狼に真っ向から立ち向かっていきました」

ヒルダ様より身体の小さなカイル様。そのカイル様が狼に立ち向かう姿は、どれだけ彼女に勇気を与えただろう。

「カイル様と狼が争う中、ふと狼の背後から弓が放たれて、狼はそれで射《い》られました。……カイル様だけでなく、大人もわたくしを探してくれていたのです。冷静に考えれば当たり前ですわね」

子供って周りまでは見えないものですわね、とヒルダ様が付け加えた。

「狼を倒したのは大人でしたが、わたくしにとって、カイル様はそのときからヒーローなのです」

そう語るヒルダ様は、恋する乙女の顔をしていた。

ああ、この人は、軽い気持ちでカイル様に近付く女性たちとは違い、本気でカイル様が好きなのだ。

私はヒルダ様が途端に眩《まぶ》しく思えて目を細めた。

「カイル様が好きなのですね」

「ええ、とても」

ヒルダ様の想いは純粋で、ただ好きな人と結ばれたいという気持ちだけが伝わってくる。

可愛い人だ。カイル様と結ばれれば、きっとお似合いなのに。しかし、カイル様はそれを望んではいない。

だから私は彼女を応援することはできない。私はカイル様の味方であるので。

「あらいけない。話しすぎてしまいましたわ」

私の表情からなにかを感じ取ったのか、彼女がクルリと背を向けた。

「わたくしはもう寝ます。あなたも早くお休みになったら？」

背筋をピンと伸ばし、歩き出したヒルダ様が、ふと立ち止まった。

「そうそう、今日は敵ながら見事でした。完全にわたくしの負けです」

そして振り返る。

「でも次は負けませんわ」

その表情から彼女の強さが感じ取れた。

「それでは失礼します」

今度こそ彼女は去っていった。

一人取り残された私は、次を考えられる彼女を少し羨ましく思った。

◇◇◇

次の日。

「カイル様」

朝食の席で、ヒルダ様がカイル様に話しかける。

「あの、もしよければ今度街歩きでもしませんか？」

デートしようということだろう。

ヒルダ様がドキドキした様子でカイル様を窺っている。

「その前に、大事な話がある」

ナイフとフォークをテーブルに置くと、カイル様が切り出した。

「実はオフィーリアとは恋人でもなんでもない。騙して申し訳なかった」

カイル様の突然の告白に、驚きのあまりヒルダ様は固まり、王太子殿下は「あーあ」という表情でカイル様を見ていた。

「な……う、嘘……？」

嘘を吐かれているとは思わなかったのだろう。ヒルダ様が動揺して私とカイル様を交互に見た。

「それは本当ですの？」

確認のためにヒルダ様が私に訊ねる。私は首を縦に振った。

ヒルダ様が立ち上がってテーブルを強く叩いた。

「なぜそのような嘘を⁉　そんなに嫌だったのですか、わたくしが！」

ヒルダ様は怒っている。無理もない。

「ヒルダ嬢自身が嫌だということではない。こちらの事情だ」

カイル様なりにヒルダ様を傷つけないように、言葉を選んでいる。

「どんな事情がございますの？」

ヒルダ様が納得いかないと肩を震わせる。カイル様は慎重に、慎重に、ヒルダ様に語りかけた。

「ヒルダ嬢だから、嘘を吐いたというわけではない。俺は女性が苦手だ。可能な限り近寄ってほしくなかった。それは女性である限り、あなたも同じだ、ヒルダ嬢。だから仮の恋人を作り、あまり近寄ってこないように、オフィーリアを防波堤にした」

「……」

ヒルダ様は顔を伏せた。

「あなたは、そればかりではないですか……」

ヒルダ様の声は小さかった。それが彼女の心が深く傷ついたことを表していた。

「女性がだめだから、女性に近付かれたくない……わたくしとの婚約も、ずっとそう言って拒絶していらっしゃった……わたくし自身を見てくださらない」

ヒルダ様の手が震えている。

「婚約の件も、向き合って、わたくしの想いをきちんと聞いて、『わたくしではだめだから』という理由なら納得できました。ですが、あなたはずっと、わたくしのことを知ろうともしてくださらない」

ヒルダ様が顔を上げ、カイル様を見た。

「わたくしは、あなたにとって存在しないも同じではありませんか」

カイル様が立ち上がり、ヒルダ様の前に行くと、申し訳なさそうに首を横に振る。

「今まで申し訳なかった。あなたの貴重な時間を、俺の不誠実な対応のせいで無駄にさせてしまった。すまない」

「そんな謝罪が欲しいのではないのです！　わたくしは……」

ヒルダ様が立ち上がり、カイル様に向き合った。

「わたくしは……！」

そしてカイル様に抱き着いた。

「わたくしはあなたが好きなのです！」

カイル様はヒルダ様に抱き着かれたまま、言った。

「すまない。俺は……」

カイル様が顔面を赤くしながら言った。

……赤くしながら？

「俺は、本当に女性がだめなんだ……」

そしてそのまま倒れた。

「カイル様⁉」

私とヒルダ様が慌てて駆け寄ろうとするが、王太子殿下に阻止される。

「落ち着いてくれ、二人とも。ヒルダ嬢はそれ以上カイルに触れないように」

王太子殿下に言われ、ヒルダ様がカイル様と距離を取った。

私も不必要に近付かないようにする。

「カイル様のそれは……蕁麻疹《じんましん》ですか？」

カイル様の顔の赤み……それは首筋にまで広がっており、おそらく身体全体に及んでいるのだろう。

王太子殿下はカイル様を抱き起こす。

「そうだ。カイルは女性に触られるとこうなってしまう。カイルのはただの女性嫌いじゃないんだ」

カイル様は今まで、女性の嫌なところをいろいろ見て、実害を被《こうむ》ってきた。

その経験から、女性が触れると拒絶反応が出るようになったのだという。

王太子殿下はカイル様のそのような様子を見るのが初めてではないのだろう。手馴れた様子でカイル様の身体の様子を確認すると、「アーロン！」と大きな声で、部屋の外に控えていたアーロンさんを呼んだ。

アーロンさんは室内に入ると、倒れているカイル様を見て、走り寄ってきた。

「どうされました？」

「カイルのいつもの発作だ。幸い症状は軽い。ヒルダ嬢でよかったな」

倒れて苦しそうなカイル様を見て、泣き出しそうなヒルダ様が訊ねた。

「わたくしでよかった？」

王太子殿下が頷いた。

「カイルの女性への拒絶反応の強さは、その女性をどれだけ拒否しているかによる。これだけ症状が軽いのは、カイルが君のことを嫌ってはいない証拠だ」

ヒルダ様がその言葉を聞いて、右目から一筋の涙を流した。

「そうなのですか……」

ヒルダ様はカイル様を見て、流れた涙を手で拭《ぬぐ》った。そしてアーロンさんに向き直る。

「なにをしているのです。カイル様を早く運んでください。ここに寝そべっていては身体が痛いでしょう？」

アーロンさんはヒルダ様の指示に従い、カイル様を担いで部屋の外に連れ出した。王太子殿下もそれに付き添って出て行く。

「カイルが目を覚ましたらまた呼ぶから！」

そうこちらに言葉を投げかけると、扉が閉まった。

残されたのは、私とヒルダ様の二人だけだ。

ヒルダ様は疲れた様子で自分の座っていた席に戻ると、深いため息を吐いた。

「わたくし、なにもわかっていませんでした」

彼女は冷めていく料理に視線を向ける。

「カイル様の女性恐怖症が、あのような深刻なものだとは思わなかった……どこか、それぐらいのことと思っていた自分がいました」

ジャガイモのポタージュ。昨日狩ったイノシシ肉のサンドウィッチ。トマトとレタスのシャキシャキサラダ。デザートはまだ出てないが、イチゴのムースだとアーロンさんが言っていた。

「それに……幼い頃からの知り合いであるわたくしは、どこか特別だと……他の女性たちとは違うと思っておりました」

ヒルダ様がフォークを手に取ってじっと見た。

「傲慢でしたわ」

フォークでイノシシ肉を刺した。

「わたくし、あの方の幼い頃にこだわって、今のあの方が見えていなかったのかもしれません。きっと今までも、私にこのことを伝えようとしていたはずですのに……」

ヒルダ様が後悔と悲しさの混じった顔をする。

「でも少しスッキリしました」

ヒルダ様が目の前にイノシシ肉が刺さったフォークを掲げる。

「わたくし自身が嫌われているわけではないみたいですもの」

ヒルダ様が視線をこちらに向けた。

「さっ、食べましょう！　残してはもったいないですもの」

ヒルダ様が笑顔でイノシシ肉を召し上がる。私も同じようにナイフとフォークを手に取りながら、強いなぁ、と自分にはないものを持っているヒルダ様を羨ましく思った。

◇◇◇

カイル様に再び会えたのはそれから三時間後のことだった。

ヒルダ様と共に訪れたカイル様の自室で、カイル様はベッドに寝そべったまま、その傍《かたわ》らに王太子殿下とアーロンさんがいた。

「二人とも待たせたね」

王太子殿下が、部屋に入る手前で立ち止まっている私とヒルダ様に入るように促す。

「入っていいのですか？　先ほど倒れたばかりですのに……」

女性である自分が入ることでカイル様に負担がかかるのではないかと躊躇《ためら》う私とヒルダ様に、

カイル様がベッドから身体を起こして言った。

「もう大丈夫だ。触られなければ症状も出ない。今までも近くで会話しても問題なかっただろう」

確かに経理の間違いを探しているときも、恋人役として接したときも、近くに寄ることはあったが蕁麻疹は出なかった。

私とヒルダ様は部屋に入る。

「あの、ごめんなさい！」

ヒルダ様がカイル様に頭を下げた。

「わたくし、知らなくて……」

「身近な人間にしか伝えていなかったのだから知るはずがない。君は悪くない」

カイル様がヒルダ様の謝罪にそう返す。

ヒルダ様が知っていたらまず抱き着くなどという行動はしなかっただろう。

事情を知らなかったから起きてしまった事故である。カイル様はそう言っているのだ。

「いえ、そもそもカイル様が女性が苦手だということは知っていました。いくら感情的になっていたからといって、勝手な行動をしたことには違いありません」

ヒルダ様は寂しそうにほほ笑んだ。

「わたくし、カイル様がわたくしと向き合ってくれていないとムキになっていましたが、おそらくわたくしも、カイル様に向き合えていなかったんです」

ヒルダ様はカイル様の近くには寄らず、ドアに近い位置から話しかける。

「自分の想いを押しつけるばかりで、カイル様のことまで考えられていませんでした。わたくしがしていたのは、とても独りよがりの恋だったんです」

ヒルダ様はまっすぐカイル様を見つめていた。

「でも王太子殿下が、今回症状は軽いと言ってくださいました……それはつまり、わたくしのこと、嫌いだというわけではないのでしょう？」

「ああ。……大事な友だと思っている」

カイル様の言葉を聞いて、ヒルダ様が一度目を閉じた。

「もうそれだけで満足です」

ヒルダ様は、晴れやかな笑みを浮かべていた。

「これからは友人として仲良くしてくださいませ」

ヒルダ様が向けた新たな想いに、カイル様は一瞬間を置いてから。

「こちらこそよろしく頼む」

と答えた。

二人が新たな関係を築けたところで、王太子殿下が指摘した。

「ということはヒルダ嬢はもう辺境に戻るのかな？」

ヒルダ様が視線をカイル様から王太子殿下に移した。

「あら、まだ帰りませんわよ？」

「「「「え？」」」」

てっきりもう帰るものだと思ってた私とカイル様と王太子殿下とアーロンさん、四人の声が見事に重なった。

「だって半年いる予定でしたもの。こういう機会でもなければ、わたくし王都に来ることないですし、長期滞在なんてできませんもの。だからきっちり半年間、お世話になりますわ」

ヒルダ様の言葉に、私たちは「はあ……」という返事しかできなかった。

◇◇◇

ヒルダ様がこちらで暮らし始めて三ヶ月が過ぎた。

彼女はカイル様に執着するのをスッパリやめ、宣言通り友のように振る舞っている。

カイル様と過ごすヒルダ様の表情からも、未練は一切なくなったのだということがわかる。友としての二人の相性はいいらしく、たまに一緒に狩りに行ったり、剣の鍛錬《たんれん》を共にしていたりする。

さすが国境を守る辺境伯の娘。ヒルダ様は圧倒的に武闘派だった。

ただ、女性らしくおしゃれも好きなようで、王都の街に繰り出すと、たまにドレスや小物を買ったりして充実した日々を過ごしているようだった。

「すべて丸く収まってよかったですね、カイル様。本日も好きです」

「ああ、まさかこうして彼女と穏やかに過ごせるとは思っていなかった。あいさつのような告白だな、断る」

百七回目の告白もきっぱり断られた。

「カイル様はヒルダ様のこと、昔はどう思っていたんですか？」

二人は幼馴染だと聞いた。カイル様が女性恐怖症になったのは公爵位を継いでからだとアンが言っていた。つまり、二人が仲良く過ごしていた幼少期、カイル様はまだ女性に対して苦手意識はなかったものと思われる。

「どうとは？」

カイル様が羽ペンで字を書き続けながら訊き返した。

「子供の頃はヒルダ様のこと好きだったとか、そういうことはないんですか？」

幼き頃のカイル様。きっと可愛かったのだろう。ヒルダ様のほうが大きかったようだから、ヒルダ様の陰に隠れたりとかしたのだろうか。やだ、可愛い。いいなヒルダ様。まあ、全部私の妄想だけど。

「特にそういうふうに思うことはなかったな」

カイル様が言い切った。

「えっ、でも幼馴染ってなんかそういう感じになりやすいじゃないですか？」

「ならない」

カイル様はペンを止めず、特に動揺も見られない。

本当に恋心を抱いたことはないようだ。

カイル様の恋バナを聞けるチャンスだと思ったのに残念だ。

「お前は……俺のそういう話を聞きたいのか？」

「え？　もちろん！」

私の答えにカイル様が初めて羽ペンの動きを止めた。

「お前、俺に惚れているんじゃないのか？」

「惚れてますよ！　まさかこんなに毎日愛の告白しているのに伝わっていませんか⁉」

なんということだ。すでに百七回も愛を告げているのにその想いが伝わっていないとは！

一日二回に告白を増やすべきか？

「なら、普通惚れた相手が誰を好きだったかとか知りたくないんじゃないか？」

「ああ、なるほど」

カイル様の言いたいことがわかり、私は頷いた。

しかし、そう思われるのは心外である。

「カイル様、私の愛を舐めてますね?」

「は?」

そうだ、そうとしか思えない。いい機会である。私がどれほどカイル様を愛しているかきちんと説明しておこう。

「私はカイル様のすべてを知れるなら知っておきたいのです。どんな過去だろうとカイル様はカイル様。誰を好きだろうと今のあなたを構築した一つの出来事です。つまり今のカイル様があるのは過去があるから。だからこそカイル様が昔なにを思いなにをしていたのか知りたい見たい想像したい! たとえカイル様がピーマンが苦手でも、七歳ぐらいまでおねしょをしていても、暗算が苦手で今でも紙に書いて計算する癖があっても、すべてを含めて愛しています!」

「誰に聞いた。おねしょは七歳じゃない、六歳だ」

カイル様が訂正する。いけない、私としたことが、おねしょの時期を間違えた。

「七歳になろうとしていた六歳のときまでですね!」

「……」

合っているらしい。

そして他のことを否定しないところを見ると、他のことは間違いがないようだ。

ありがとう、メイド長、執事長。持つべきものは主の幼少期も知っている仕事仲間です。

「まあつまりなにが言いたいかと言いますと、すべて知っておきたい。以上です」

「そうか。お前の情報収集能力には恐れ入ったし周りに口止めが必要だということがよくわかった」

やだ、褒められちゃった！

私が照れていると、仕事をしているカイル様の隣に立っていたアーロンさんが、静かな笑みを湛《たた》えながら首を横に振った。

なに？　褒めてないって？

いいんです、私が褒められたと思ったら褒められたってことなので！

「すべて知って、もし俺に今好きな相手がいたらどうするんだ？」

「え、いるんですか⁉　誰です、私の知っている人ですか⁉　プロポーズの場所押さえておきましょうか⁉　今人気のスポットがあるんですよ！」

街外れの教会でのプロポーズが今のブームらしい。アンが言ってた。

「いない」

「なんだ。脅かさないでくださいよぉ」

私のリサーチ不足だったのかと思った。

「お前は、今俺に好きな相手がいても平気なのか？」

「いえ、相手の方が羨ましくて羨ましくて転げ回りたくなりますけど」

転げ回りたくなるんだ……というアーロンさんの視線を無視して私は話を続けた。

「ですが私が望むのはカイル様の幸せですので、カイル様がその方と結ばれて幸せになるのなら全力で応援します！」

グッと拳を握って宣言する。

「それこそカイル様とお相手のご令嬢が仲良くなれるようサポートしますし、もしその方が平民でも私は応援します！　あ、でも」

私は一応これだけはだめだという注意事項を伝えておくことにした。

「ある程度の年齢になってない少女と、人妻は応援できません。カイル様も幸せになれないでしょうし、なにより倫理的にちょっと」

「絶対ないから安心しろ」

「それはよかったです！」

さすがのカイル様第一主義の私でも人道的に許容できないものは応援できない。カイル様はないと言っているが、もし女性恐怖症が治ったらどんな女性に惹《ひ》かれるかはわからない。お願いだからきちんと適正年齢の独身女性に恋をしてほしい。

「そんなわけで、好きな人ができたら言ってくださいね！」

「言う気が失せた」

「なぜ!?」

こんなに全力でサポートするのに！

「……もしかしたらお前ぐらいなんでもできる人間だったら好きになる可能性はあるかもな」

「え⁉」

それって……。

「そんな人間そうそういないし、私がこんなになんでもできるのも生きるためなので、同じようにできる人がいたらおそらく精神的に問題があるのでやめたほうがいいです！」

もしそんな人がいたら凄絶な人生を歩んでそうなのでおすすめできない。

よかれと思ってそう言ったら、なにか言いたそうな目でカイル様に見られ、アーロンさんには「仕事しかできない残念な子」と言われた。

え！　もはやアーロンさんの言葉はただの悪口では⁉

「なんでですか⁉　仕事できるから有能じゃないですか！」

今だって前任の経理がミスをした書類を直しているのだ。

そう、前にミスった前任者、叩けば叩くだけ出てくるぐらいにミスの連発だった。逆にここまでミスるのすごい。一種の才能。

そんなわけで、私はこうしてカイル様の執務室で書類仕事を手伝っているのである。ああ、カイル様の香りがする。至福。ちなみにこうして会話している間も手はずっと動かしている。

私、できる女なので。

「仕事できる人間が内面もできるとは限らないのだなと思いました」

「辛辣《しんらつ》！」

涼しい顔で厳しいことを言うアーロンさん。アンは感情が顔に出るのに。この兄妹やっぱり似てないな。

「教えてくれないだろうが、どうやってオフィーリアを見つけたんだ？　クレイヴ」

「あ、俺がいたこと覚えてくれてた？　誰も話しかけてくれないから俺忘れられてると思ったよ。あ、オフィーリア、ちなみに俺にも好きな人がいないか、訊いてくれても」

「それはいいです」

王太子殿下には興味がないのでお断りすると、「カイルとの扱いの差！」と彼はショックを受けていた。しかし興味ないものは仕方ない。私が興味あるのはカイル様のみなのである。

「オフィーリアとの出会い……そうそれは、ある日、異国の地でボロボロだった彼女に運命的に出会い――」

「話す気がないならもういい」

「ここからがいいところなのに！」

まだ語りたそうな王太子殿下を無視してカイル様が羽ペンを動かす。

と、そのとき執務室の扉が大きく開け放たれた。

「見つけましたわよ！」

ヒルダ様である。

ヒルダ様はツカツカツカとこちらにまっすぐ歩いてくると、私の使っている机の前で立ち止まった。

「あなた、仕事範囲が広すぎじゃない⁉　誰に聞いても『あの仕事かも』『あれもやってるかも』『いやあれだろ』とハッキリしなくて、おかげであちこち探し回りましたわ！」

「す、すみません……」

私ができる女なばかりに……。

「まあいいですわ」

ヒルダ様は髪を後ろに払った。

「明日わたくしとデートしなさい」

「……はい？」

ヒルダ様の突然の誘いに、私は本日初めてペンを止めた。

「聞きましたわよ」

ヒルダ様が私に顔を近付けた。

「あなた、私服が二着しかないらしいじゃないですの！」

アンか！

私の頭の中に「言っちゃった～」とピースしているアンが浮かんだ。

「若い娘の私服が二着って……そんなに給料が安いんですの？」

ヒルダ様がカイル様を睨みつけた。

「そうなのか？　オフィーリアはよく働くからな。もう少し給料を上げて……」

「いえいえいえ！　しっかりもらっております！」

これ以上もらっても死ぬまでに使い切れないかもしれない。なにせ私は服を二着しか持っていない女。あまりお金を使わない。

「ではなぜです？　買いに行けないほどしか休みをもらっていないんですの？」

「いえ、休みももらっております！　先日は移動動物園を見に行きました」

「あら誰と？」

「一人です」

「一人!?」

ヒルダ様が驚かれる。

一人で動物園満喫したらいけないのだろうか。いいじゃないか、私は一人遊びがただ得意なだけだ。だってその日アン休みじゃなかったんだもん。友達アンしかいないんだもん。手乗りひよこが可愛かったです。

「とにかく二着は由々しき事態ですわよ。というかなぜ二着ですの？」

「片方洗ってる間に着るものがないとさすがに困りますので」

すっぽんぽんでいるわけにもいかない。

「あなた、効率的な女ですのね」

「ありがとうございます」

「ですが！」

ヒルダ様は私を指差した。

「若い娘がそんな隠居したおばあ様のような暮らしではだめです！」

「待ってください！　私の生活ってそんな感じですか？」

「そうですわ！」

そんな！　私なりにめちゃくちゃエンジョイしてたのに！

「せっかく王都にいるのですから、楽しまなければ損ですわ！」

ヒルダ様は今度はカイル様を見た。

「というわけで、明日オフィーリアは有給休暇ですわ。問題ないですわね？」

カイル様は頷いた。

「いいだろう、行ってこい」

「え!?　そんな、明日は客室の掃除と、庭木の剪定と、壊れたランプやいろいろな修理を頼まれて――」

とそこまで言って、視線を感じて見てみると、カイル様とヒルダ様が揃ってこちらを見ていた。

「そんなものはいつでもできます」

「ああ。それに俺のところで働いているのに、服が二着しかないなど、貧相にもほどがある。十着ぐらい買ってこい。金はやる」

「十!?　いやいやそんなにいらな――」

「買ってこい」

カイル様の圧に負けて、私は「はい」と返事をするしかなかった。

◇◇◇

というわけで、王都の中心街である。

「ふおー!」

人、人、人。

辺り一面人であふれている。

「すごいですね!　ヒルダ様!」

「その驚きよう、やはり王都をほとんど満喫しておりませんわね」

ヒルダ様の指摘に私はぎくりとする。

「し、仕事を覚えるのに必死で……」

「嘘おっしゃい！　あなた仕事なんでもできるではありませんか！　覚えることなどほぼないでしょう！」

うっ、私ができる女なばかりに嘘が通用しなかった……。

「あんまりウロチョロできる身分ではないので……」

「なんです？　重犯罪者ですの？　それとも一国の王ですの？」

「両方です」

「嘘おっしゃい！」

本日二回目の「嘘おっしゃい」いただきました。貴重な罵倒ありがとうございます！

「いやー、買う物もないと、なかなか出歩かないものですよ」

「買う物がないって、あなたは部屋に物がないじゃありませんの！」

「え、部屋見たんですか？」

「わたくしは見ていませんがアンから聞きました」

またアンか！

「あなたはあの、最近流行《はや》りの『物を持たない暮らし』とかに憧《あこが》れていますの？」

「そんなの流行ってるんですか？」

「ひとまず違うことはわかりましたわ」

ヒルダ様が一人納得してスイスイ人の間を進んでいく。すごい、まだここに来て三ヶ月しか経っていないというのに、すっかり王都に慣れている。私なんて、人の波に呑まれそうになっているのに。今現在進行形で。

「助けてヒルダ様……」

「なにしているんです⁉」

どんどん進んでいくヒルダ様に追いつけず、人の波の中からなんとか手を出して助けを求めたら、気付いたヒルダ様が戻ってきてくれた。

ありがとうございますヒルダ様。もう二度と抜け出せないかと思いました……。

「田舎者丸出しでしたわよ！」

「うぅ……面目ないです……」

田舎出身というわけではないのだが、人込みの中を歩いたことはない。いや、やっぱり王都に比べると私の住んでいたところは田舎かな？

私は人であふれる街を見る。露店などもあり、多種多様な人々が呼び込みをしたり、店を覗《のぞ》いたりして楽しそうにはしゃいでいる。目の前には幸せそうな光景が広がっていた。

これに果たして慣れることがあるのだろうか。いつか私もヒルダ様みたいにかっこよく人波をかき分けて楽しく歩いていける日が来るのだろうか。

うーん……その日が来るより命尽きる日が来るほうが早い気がする。

「いくらこの国に慣れていないからって、ここまでどんくさいことありますか！」

「え」

私は驚き、思わず立ち止まってしまった。人込みに流されないよう私と繋いでいたヒルダ様の手が、一瞬離れそうになる。

「ちょっと、こういうところでは急に立ち止まらないのが鉄則です！」

「す、すみません！」

ヒルダ様に促されて慌てて足を動かす。ヒルダ様に続くと、不思議と人にぶつからなかった。

「あの、ヒルダ様」

「なんです？」

「どうして私がこの国の人間でないとわかったのですか？」

ピタリとヒルダ様が立ち止まった。

「そうですわね……」

ヒルダ様が上を見る。

「とりあえずここに入りましょう」

目の前の店には『パティスリー』と書かれた看板が掲げられていた。

◇◇◇

「この店、最近できたばかりで、『ケーキバイキング』と言って、時間内ケーキ食べ放題のコースがあるんです。これにしましょう」

人気店らしく、店内はたくさんのお客さんでほぼ満席だった。普段は並ぶような店らしく、ふらっと入ってすぐに席に案内してもらえたのは奇跡であるらしい。

「このレモンタルトと、チーズケーキと、生チョコケーキ。あとショートケーキとフルーツタルトとイチゴタルトとスフレケーキに、あと……」

「ヒルダ様まだ頼むんですか⁉」

「なに言ってますの。まだ半分も頼んでませんわ。あ、あと……」

まだ半分だと……⁉

ヒルダ様の食欲に驚いている間にも彼女が呪文のようにデザートを頼んでいく。本当に食べられるのですかヒルダ様……たぶん普通の人の十倍ぐらい頼んでますよ……。

「え、えっと……じゃあ私はモンブランで……」

「あらもっと食べなさいな。ほら、これとか」

と言ってヒルダ様が見せてきたメニュー表にはとても高く積み重なったパンケーキがあった。

「私は大丈夫です！」

これを食べたら胃が爆発する。

「あら、そうですの？　じゃあわたくしは最後にこれを」

「かしこまりました」

最後にそれをいくんですか⁉

しかも注文受けているお姉さん、めちゃくちゃ普通に受け答えしてるけど、もしかしてこの店こういうモンスターがいっぱい来るんですか⁉

「せっかくのバイキングですのに、一個だなんて、欲がないですわね」

「はは……貧しく暮らしていたので……」

あるときを境にわりと人並みに暮らせるようになったが、幼い頃はとてもひもじかった。あの頃はお腹いっぱい食べることを夢に見ていたなぁ。

だけどお腹いっぱいすぎるのもどうかと思う今日この頃。

「ヒルダ様、すごいですね」

「え？　なにがです？」

本気でわかっていなさそうなヒルダ様が、運ばれてくるケーキをパクパクとそのお腹にどんどん収める。そのペタンコなお腹のどこにこの大量のケーキが入るスペースがあるのだろうか。謎すぎる。見ているだけでお腹いっぱいになってきた。無理にいっぱい頼まなくてよかった。

私はモンブランと一緒に頼んでおいたレモンティーを口に運んでひと息吐くと、ヒルダ様に問いかけた。

「あの、それで、私がこの国の人間でないとどうしてわかったのですか？」

自分で言うのもなんだが、私は完璧にこの国の人間になり切っていたと思う。

「あなたのペンの持ち方です」

「ペンの持ち方？」

なにがおかしかったのだろう。

「イズマールでは書き始めはペンを少し寝かせて字を書くようですが、ここ、リネンバークではペンを立てて書くのですわ」

な、なんと……。

初めて知る文化の違い。

「勉強になります」

「気になさらないで。辺境で、隣接していたイズマールの風習にも詳しいわたくししか気付いていないと思いますわ」

話している間もヒルダ様の注文したケーキたちがどんどん運ばれてくる。

この様子だともしかしたら普段の食事は物足りなかったかもしれない。ヒルダ様の食事量を増やすように執事長に伝えておこう。

「なぜ皆に隠しているのです」

「ええっと、その……」

なんと言えばいいのだろうか。理由はあるが、今ここでどう伝えたらいいかわからない。

「いえ、わかりますわよ」

ヒルダ様がレモンタルトにフォークを刺した。

「先の戦争はイズマールから仕掛けたもの。イズマール王が無理に起こした戦争で、結局リネンバークが勝ち、イズマール王国は解体。イズマールの民もリネンバークの民となることになり、表面上はこちらも受けて入れておりますが、心の中では皆が皆、受け入れられるわけではありません」

レモンタルトを口に運び、ヒルダ様がとろけそうな表情を浮かべる。

「イズマールの民は、やはりリネンバークの人々からしたら、恨めしい存在でしょうか」

私が小さく言うと、ヒルダ様がフォークを動かしていた手を止めた。

戦争を仕掛けた国の民だ。それがひょっこり現れて自分たちと同じように生活するようになったらいい気がしない人間もいるだろう。

「そうですわね。そういう方もいるでしょう」

ヒルダ様の言葉に、私は顔を伏せた。

「でもごく一部だと思いますわ」

そしてその言葉に顔を上げた。ヒルダ様はニッと笑った。

「国民性なのか、それともイズマール国王が民を虐《しいた》げていたからなのかは知りませんが、イズマールの民は、皆順応性が高い。文句を言わず、懸命に働く人間はどこでも受け入れられますわ。もちろん、戦争で死者も出ましたから、恨んでいる人間もいます。けれど、もうイズマールの民はリネンバークの民だと受け入れている人間が大半ですわよ」

ヒルダ様の言葉に、私はほっとして息を吐いた。

そうか、受け入れられているのか。

「だから、あなたも堂々としているといいですわ」

ヒルダ様が私にイチゴタルトのお皿を差し出す。

「イズマールの民だからと差別することはありません。安心して隠し事などしないようにすればいいですわ」

ヒルダ様は私が無理をしていると思ったのだろう。

実際隠し事をするのは疲れる。しかし、イズマールの民であることが問題でないのなら、そこまでして隠すことでもない。

私は一つ胸のつかえが取れた気持ちで、ヒルダ様から受け取ったイチゴタルトにフォークを刺した。

「そうですね。これからは堂々とすることにします」

「あなた、態度はいつも堂々としていますけれどね。もう少し控えめにしたほうがよろしくてよ」

「え⁉」

まさかのだめ出し！

慰めてくれる流れだったじゃないですかヒルダ様！　優しくするなら最後まで優しくしてください！

「あらいけない。もう時間ですわ」

ヒルダ様が壁に掛けられている時計を見た。もうすぐバイキングの制限時間が来るらしい。

ヒルダ様はスッと手を上げた。

「追加でチョコタルトとエッグタルトとオレンジケーキとブドウのケーキをお願いしますわ」

「お会計じゃないんですか⁉」

てっきりお会計のために手を上げたと思ったのに、店員を呼んでどんどん追加していくヒルダ様に驚きの声を上げる。

「なに言ってますの！　ギリギリまで食べるに決まってるじゃないですか！」

その食欲、もはや恐れ入る。

痩せの大食い、いいなと思っていたけれど、ここまでくると羨ましい気持ちが四散する。食費がすごそう。

ヒルダ様が追加注文した分もしっかり召し上がり、口をナプキンで拭う。その優雅なしぐさはとても馬鹿食いしていた人間とは思えないが、目の前に山と重ねられている皿が現実を物語っている。

「さて」

ヒルダ様が立ち上がる。

「今度はご飯を食べて、服を見に行きましょうか！」

「まだ食べるんですか⁉」

◇◇◇

「ここにしましょう」

そう言って案内されたブティックは、どこからどう見ても庶民が入っていい店ではなかった。

だって窓から見える店員さんの質からして明らかに違いますもん！

「ヒ、ヒルダ様、ここでは私お金が払い切れなくてですね！」

せっかく稼いだ金がパァになるどころか、マイナスになりかねない。

店に入ろうとするヒルダ様を止めようとするが、ヒルダ様は店の扉に手をかける。

「なに言ってますの。わたくしが誘ったのだからわたくしがお金を出すに決まっているでしょう」

「え⁉　そんなわけには……」

「つべこべ言わずに入りますわよ。店の前に立っていたら営業妨害でしょう」

そう言われたら入らないわけにはいかない。私はヒルダ様に促され、恐る恐る中に入る。

「いらっしゃいませ」

店に入るとサッと自然な様子で店員さんが寄ってきた。この店員さん、デキるッ！

「どういったものをお探しでしょうか」

「この子に似合うものをお願いしますわ」

この子、とヒルダ様に背中を押される。店員さんは私を見て、にこりとほほ笑んだ。

「かしこまりました。ではこちらにどうぞ」

店員さんに鏡の前に案内され、まず一着あてられる。

「こちら、可愛らしいお客様にお似合いかと思います」

「か、可愛らしい……」

「社交辞令ですわよ」

「あ、はい」

喜んでいたところをヒルダ様にバッサリ切り捨てられ、私は現実を見ることにする。

「でも私、中の上ぐらいの可愛さはありますよね？」

「そのポジティブさは見習いたいですわね」

「あれ？　まさかの肯定してくれない？　ヒルダ様？　ヒルダ様ー？」

ヒルダ様は私を無視して、店員さんがおすすめした服をじっと見る。

「いいですわね。ではこれと……」

ヒルダ様がすっと他の服が掛けられているラックを指差す。

「ここから」

スーッと指を移動させ、端まで指を動かすとピタリと止めた。

「ここまでいただけます？」

「ヒルダ様⁉」

その買い方、大富豪がするやつですよ⁉　いえ、ヒルダ様も貴族でお金持ちなんでしょうけれど！

「そんなにいりませんよ⁉　一着か二着で……」

「あなた、自分の服の数わかってますの？　二着しか私服がないんですのよ、二着しか！　一着か二着買うんじゃ足りませんわよ！」

「二着の今でも、外行き用一着と部屋着用一着でなんとかなってるから問題ないです！」

「一着は部屋着でしたの⁉　ますますだめではありませんか！」

だめなの⁉　なにが⁉

「それは女としてどうかと思いますわよ⁉　カイル様とデートするときどうするおつもりでしたの⁉」

「カイル様とデートなんてするわけないじゃないですか」

カイル様は女嫌いなのに。ヒルダ様ったらそれを忘れてしまったのだろうか。

「万が一があるかもしれないでしょう？」

「ないないない、ないないない」

私がははは、と笑いながら顔の前で手を横に振ると、ヒルダ様が残念なものを見る目を私に向けてきた。

「あなたという人は、どうしてそう……普段は自信満々なのに変に後ろ向きですの？」

「え⁉　私、後ろ向きなことありました⁉　いつも全力人生楽しんでるつもりだったんですけど」

「いいえ、楽しんでるとは思いますわよ。けれど、カイル様のことに関しては後ろ向きではないですか」

私はヒルダ様の指摘に、どう反応していいか迷った。

カイル様との関係の進展を求めていないことが、ヒルダ様には後ろ向きに見えるのだろうか。

「カイル様と両想いになりたいという気持ちは、私はないですからねぇ」

「ではなぜ毎日告白していますの？」

報《むく》われない。どうせ断られる。わかっているのに、わざわざ毎日カイル様に告白するのは。

「それは……後悔しないため、ですかね」

自分の中で、一番しっくりくる答え。

そう、私は後悔したくないのだ。

「カイル様に関わらないまま生きることもできますが、その場合、死ぬときとても後悔しそうじゃないですか。『ああ、あのとき想いを伝えるだけでも伝えておけばよかったなぁ』と。報われなくても、そばにいればよかったな、と」

死ぬときに、そう思いながら死にたくなかった。

「謙虚ですわね。わたくしにはない考え方ですわ」

ヒルダ様がなにか店員さんに渡しながら言った。

「わたくしは好きになったら相手からの想いも欲しくなるし、自分だけを見てほしいです。独り占めしたいし、独り占めされたい。わたくしの恋はそうですわ」

ヒルダ様らしい恋の仕方だ。カイル様に対してもヒルダ様はそうだった。

常に強気なその想いが、私には眩しかった。

「わたくしのやり方を押しつけるつもりはありませんが、少しは欲しがりになってもいいと思いますわよ」

欲しがりになりたい気持ちがないかと言えば……どうだろう。少なくとも今の私にカイル様を欲しがる気持ちはない。

答えず笑みを浮かべた私を見て、ヒルダ様が一つため息を吐いた。

「あなたがそれでいいのならいいですわ。では、帰りましょうか」

「え、いいんですか？」

正直私には分不相応すぎるので、ここでの買い物は避けたかった。帰れるならそれに越したことはない。

「ええ、もう買いましたから」

は？　買った？

「はい？　なにをしたと？」

「ですから、もうさっき服を買って、お金の支払いも済んでいます。小切手ですけれど」

小切手、と言われて、先ほど店員さんになにかを渡していたヒルダ様を思い出した。

あれ、小切手を渡してたのか！

「ひひひひひ、ヒルダ様！　困ります！」

「あら、なにが困りますの？　お金もわたくしが出してますし、服はあとで屋敷に届けてもらう予定です。ほら、誰も困りませんわね」

「こ、こま……」

あれ？　困らないな？

お金もヒルダ様が払って、買ったものをあとで届けてもらえるから、荷物もない。なにが困るかと訊かれて強いて言えば、ヒルダ様に申し訳ない気持ちになることか。

「お礼として受け取ってくだされればいいですわ」

「お礼？」

私、なにかしただろうか。

「前に、あなたがカイル様の恋人のフリをしていたときに、わたくしの話を聞いてくださったでしょう？」

話……どんな話されたっけ？

「カイル様のどこが好きか、聞いてくださったでしょう？」

「あれはどちらかと言えば私からお願いして聞いたようなもので」

「それでもわたくしは聞いてくれて嬉しかったたし、気持ちの整理にも必要なことだったのです」

ヒルダ様がにこりとほほ笑んだ。

「なんならこの店の品、全部買い占めましょうか」

「いいですいいです！　ありがとうございました！」

ヒルダ様なら本当に買い占めかねない。私は慌ててお礼を言い、ヒルダ様の感謝の気持ちを素直に受け取ることにした。

「せっかくだからカイル様の前で着なさいな」

「いや、普段仕事するときはメイド服で」

「明日も有給にしなさい。私服を披露すること、いいですわね」

「はい……」

ヒルダ様の言葉には人を逆らえなくさせる力がある。

◇◇◇

次の日。ヒルダ様の言う通り、有給を申請した。

「というわけで満喫してきました」

お土産です、とカイル様に王都で人気だというマドレーヌを手渡した。

「……俺も王都に住んでいるからわざわざ買ってこなくてもいいのに……」

「でもカイル様は女性恐怖症のせいで、街を歩けないでしょう？」

ヒルダ様に抱き着かれただけで蕁麻疹が出て倒れてしまうのだ。王都にはもちろん女性がいっぱいいる。歩くときに完全に避けるのも難しいし、カイル様の端整な顔立ちに引き寄せられる女性もいるだろう。

街中でぶっ倒れて大変なことになる予感しかしない。

「まあ歩けませんよね」

「歩けないよな」

アーロンさんと王太子殿下が言うと、カイル様が二人を睨みつけた。

カイル様がマドレーヌの箱を机に置いた。

「ありがたくいただこう」

「はい」

カイル様が実は甘いものが好きなのは知っている。無表情だが、きっと内心喜んでいるに違いない。

「それで、なぜヒルダ嬢も一緒なんだ？」

「見張りですわ」

私の後ろに立っているヒルダ様が言った。

「買った服を着てカイル様に会うように言いましたの。きちんとできましたわね」

ヒルダ様に頭を撫でられる。犬扱いされてる気がしないでもないが、悪い気はしない。

「どうしてアンまでいるんだ？」

「面白そうだからついてきたのと、マドレーヌのおこぼれをもらおうかと」

カイル様がそっとマドレーヌの箱を机の引き出しに隠した。

「あ！　少し分けるぐらい、いいじゃないですか！」

「ダメだ、俺のだ」

「心狭っ！　オフィーリア、こんな人のどこがいいの⁉」

「お茶目で可愛いです」

「恋は盲目！」

アンにはカイル様のよさがわからないらしい。残念だ。いつかアンも十時間ぐらいカイル様のよさを語れるぐらいになってほしい。一緒にカイル様話で一日潰そう。

「なんか、寒気がした……もう黙っとこ……」

アンがブルッと身体を震わせてカイル様にお菓子の催促をするのをやめる。

その隙に、私の後ろに控えていたヒルダ様がスっと前に出る。

「それだけですの？」

「なにがだ？」

「ですからそれだけですの？」

カイル様が本当にわかってなさそうな表情を浮かべる。そうなりますよね、わかります。

しかし、ヒルダ様は諦めなかった。

「ですから！　このオフィーリアを見てなにかありませんの⁉」

この、とヒルダ様は私を指差す。

今の私はヒルダ様が買ってくれた薄紫色のワンピース姿だ。もうこれだけで誰を意識して着ているかわかるというものである。

ワンピースはさすが高級店、肌触りがよく、羽のように軽くて動きやすい。

ヒルダ様は「どうせ靴もないのでしょう？」と靴も買ってくれたので、今私は久々にヒールの高い靴を履いている。普段の靴より歩きにくい。

髪は「任せて！」とアンがアレンジしてくれた。三つ編みに編み込まれた髪がカチューシャのようになっている。

鏡で見たが、中の上だった私が、上の下ぐらいになってるのではないかと自画自賛してしまうぐらい、可愛くなっていると思う。

私はドキドキしてカイル様の言葉を待った。

「ああ、似合っているな」

一言であった。

「それだけですの⁉　もっと『君はまるで女神のようだ』とか『愛らしくて誰かと思った』とか言えませんの⁉」

「それを言う俺はもはや別人では？」

怒っているヒルダ様に、正しいことを言っているカイル様。私はその横でブルブル震えていた。

「ほら、オフィーリアも怒って……る……」

言いながら途中で違うことに気付いたのだろう。ヒルダ様の言葉が途切れた。

そう、私は今、感動に打ち震えていた。

「ありがとうございます！　ありがとうございます……！　カイル様に似合うと言っていただけたので私、一生この服を脱ぎません！」

「それは汚いからやめろ」

「やめます！」

カイル様の言うことに従う人間なので、残念だけど服はきちんと着替えよう。

「あなた、それでいいんですの……」

「いいんです。私はこれで大満足です」

カイル様からの似合う宣言を噛みしめる。ヒルダ様の呆れの混じった、ため息が聞こえた気がするけどきっと気のせいだろう。

「それで、せっかくオフィーリアが可愛い服を着たのですから、デートしてください」

「「は？」」

私とカイル様の声が重なった。

待ってください、ヒルダ様。私はそんな話聞いていませんよ。

それにカイル様はお出かけができないはず。できても厳重警備で女性が近寄らないようにしなければいけない。カイル様の趣味である領地の視察もそうして行っているらしい。

「俺は気軽に出かけられない」

案の定、カイル様が断る。

「外に行くだけがデートじゃないでしょう」

どういうことだろうか。

私とカイル様は頭の中を疑問符でいっぱいにする。そもそもデートというものに対する知識がない。

そんな私たちを見かねて、ヒルダ様が子供に語りかけるように説明する。

「お家デートするのです」

お家デート？

「二人で庭を散策したり、一緒にご飯を食べたり、お茶を飲んだり……そういうのですわ」

「今までもわりとしていると思うが」

庭の剪定を確認してもらったり、恋人役をしていたときはご飯も一緒に食べていたし、今も仕事が早く終わったりしたらお茶を一緒に飲ませてもらったりしている。

「お黙り！」

ヒルダ様が一喝した。

「デートと認識して行うことに意味があるのです！」

「「はあ……」」

「どうしてオフィーリアまでテンションが低いのです！」

どうしてと言われましても、急だからです……。

「とにかく、デートすること。いいですわね⁉」

「断る」

間髪容《かんはつい》れずに断ったカイル様に、ヒルダ様は、チッチッチ、舌で音を鳴らしながら人差し指を立てた。

「たまには飴《あめ》を与えないと、優秀な部下に逃げられますわよ」

「……そうなのか？」

カイル様が私に確認してくる。まさか！　私がカイル様を裏切るなどあるはずないじゃないですか！

「ありま」

「あります。ね、オフィーリア？」

ヒルダ様の有無を言わせぬ威圧感に、私は「はい」と頷いた。すみませんカイル様。今この場でヒルダ様に逆らうという選択肢を私は選べません。

カイル様はしばらく悩んでいたが、最終的に「貴重な人材を失うわけにはいかない」と私とデートすることを承諾してくれた。

まさかの急展開。

私はカイル様とお家デートすることになったのである。

◇◇◇

カイル様とお家デートである。先日私が剪定した庭を一緒に歩く。

「今回の刈り込みはどうですかね？　一ヶ所ウサちゃんにしている木があるんですよ」

私はウサちゃんにした木を指差す。

「ああ。メイドたちが可愛いとはしゃいでいたな」

「力作です」

少し時間があるから頑張ってみたのだ。好評でなによりである。

「そういえば、腰を痛めていた庭師が、ようやく復帰するらしい」

「そうなんですね！」

長く休養していたから、相当ひどい痛め方をしたのだろう。どんな人だろうか。私のイメージではほんわかしたおじいさんなんだけど。

「じゃあ私の庭師の役目も終わりですねえ」

「そうだな」

そよそよとそよぐ風を感じながら、庭に備えつけられたテーブルセットの椅子に座り、お茶を飲む。

木漏《こも》れ日が気持ちいい。

「いやそれただの業務連絡！」

「ひえっ！」

ヒルダ様が木々の間から現れた。

アーロンさんと王太子殿下がヒルダ様を抑えようとしている。アンはその後ろで面白そうにこちらを見ていた。

「堂々とデートを覗いているじゃないですか！」

デートって普通二人きりでするものですよね⁉　私のなけなしのデート知識がそう言ってる！

「心配で見守っていただけでしょう！」

ものは言いよう！

少なくともヒルダ様以外は野次馬根性で見ていただろうに。だってちょっと気まずそうにしているもの。アンだけは相変わらずにやにやしてるけど！

「あなたたち、せっかくのデートだというのに、する会話は仕事のことだなんて……それで本当にデートと言えると思っているのですか⁉」

「そうは言っても、デートなんてしたことないですし」

「同じく」

というかそもそもなぜデートをすることになってしまったのか。

デートというものは、お互い恋愛関係にある、もしくはこれからそうなりたいな、という男女がするものなのではないだろうか。

私とカイル様はそういう関係ではないから、デートとも言えないのではないだろうか。

「いいからもっとイチャコラしなさい！」

「い、イチャコラって……」

「はっ、もしかしてわたくしに遠慮していらっしゃるの⁉」

ヒルダ様が今気付いたという表情をすると、私の手を握った。

「いいですか、オフィーリア。わたくし、もうカイル様に未練はないと神に誓えますわ。だからわたくしに遠慮は無用です」

「いえ、遠慮というわけじゃ……本当に未練はないんですか？」

あんなに熱烈にカイル様との結婚を望んでいたのに。

ヒルダ様がふっ、と笑った。

「オフィーリア、いいですか？　過去の男はさっさと忘れて、次に行くのがいい女の条件ですわよ」

「は、はぁ……」

「それに」

ヒルダ様がチラリとカイル様を見る。

「カイル様なんて、顔がよくて家柄がよくて剣術に長《た》けていてお金持ちなだけではないですか」

「ヒルダ様、いいところが盛りだくさんですよ」

「男は星の数ほどいるのです」

無視された。

「この世の中探せばこれ以上の男性も絶対いるでしょう。わたくしは必ずやカイル様を超える人間を見つけてみせます」

決意を固めたヒルダ様の肩を、王太子殿下が叩いた。そして自分を指差す。

「俺とか？」

「必ず見つけてみせます」

「スルー？　家柄はカイルよりいいよ！」

「真面目で誠実な殿方を！」

「今条件を増やした？　あと遠回しに俺を不真面目で誠実じゃないって言ってる？」

王太子殿下とヒルダ様が楽しそうなやり取りをし始めた。

デートとはこういうものなのだろうか。いや、したことないけどわかる。たぶん違う。

「とにかく、せっかく機会を作ったのだからそれっぽくしなさい！」

「それっぽくって……」

「ねえ、俺はー？」

「あなたがどうしてカイル様を好きになったかとか、そういう話をすればいいのです！」

「もしもーし？」

ヒルダ様が王太子殿下を完全に無視してこちらに話しかける。

「好きになったきっかけがあるのでしょう？　そういうのを話すだけで相手は意識してしまうこともあるそうですわよ」

「誰情報ですか？」

「私でーす」

アンが楽しそうに手を上げる。ヒルダ様に余計な知識を付けて！

というかいつの間にか仲良しになってるね二人とも！　私の服のこと話すぐらいには仲良しだよね⁉

「だから、カイル様を惚れさせるためにも、そういう話をしなさい！　わたくしが見守って──」

と、そこまで言ったところで、ヒルダ様は王太子殿下に首根っこを摑まれた。

「な、なんですの⁉　離しなさいっ！」

「デートに観客がいるのは野暮ってもんでしょう？　俺たちはこの辺で退散しましょ」

「えー！　これからなのにぃ」

「そうですわ！」

不満そうなヒルダ様とアンを「まあまあ」となだめすかしながら、王太子殿下は二人を連れて去っていった。アーロンさんも頭を下げて「ごゆっくり」と言って三人のあとを追う。

「嵐みたいなやつらだな」

「そうですね……」

二人きりになった私とカイル様はすっかり冷めてしまったお茶を一口飲んだ。淹《い》れ直さないと。

「それで、どうなんだ」

「え？」

「俺を好きになったきっかけはあるのか？」

地味に気になっていらっしゃった⁉

でもそれもそうか！　「好きなんです！」って押しかけて毎日告白してくる女がなんでこんなに自分に執着してるのか気になるよね！

「個人情報の保護のため全部はお伝えできないのですが」

「個人情報の保護……」

「昨今は個人の情報を漏らさないように皆様気を配っておられまして」

「わかった。気にしない」

それはよかった。

では個人情報を保護しながらどうやって話そうか。

私は慎重に言葉を選んだ。

「あるところに、家族に恵まれない少女がおりました」

「昔話ふうでいくのか」

「紙芝居も必要だったら即席でお作りしますが」

「いらない」

そうですか。私がカイル様に恋する物語。力作の紙芝居を作れず残念です。

「少女は家族に虐げられていました。彼女は家族の要求通りにしなければならず、きちんとできないとひどい目に遭いました。誰も助けてくれない中、彼女は一人の人間に出会います」

私は気合いを入れるために、息を吸い込んだ。

「黒髪紫目のそれはもう、幼いながらに将来イケメンになることが確約されている、超絶美少年カイル様でした。金、権力、美貌、すべてを兼ね備えたまさに王子様でした」

「俺は王子じゃない」

カイル様の素晴らしさを語ろうとしたら本人から冷静な突っ込みが入った。

「恋する乙女の数だけ王子様がいるのですよ」

そう、白馬の王子様がね！

私が歯を見せてキラッと笑うもカイル様が目で先を促した。すみません。やってみたかっただけです。

「カイル様が言いました。なぜやり返さないのかと。私は言いました。生きるためだと」

自分を虐げてくる家族に反撃などしようものなら、怒り狂った彼らになにをされるか。それこそ命の危険がある。

私は自分の命と自由を天秤《てんびん》にかけて、生きるほうを選んだ。

「少女は母親の『生きて』という遺言を忠実に守っていました。少女は生きねばならないと自分に言い聞かせて耐えていました」

耐えて耐えて、ボロボロの状態でもひたすら耐えて。

「だけど少女の精神は限界でした」

幼い自分には、現実は厳しすぎた。唯一自分を愛してくれた母はいない。逃れられない家族の檻《おり》で飼い殺される日々。

「カイル様はそんな少女を見て、家族に言いました。『クソ野郎ども』」

私は当時を振り返る。

「『子供を奴隷扱いするなんて、畜生のやることだ。見ていて不快だ。人の皮を被っているなら人のフリをしろ』」

私は当時のカイル様の言葉を思い出しながら、そのまま口にする。一語一句間違うはずがない。私がカイル様に初めて助けてもらった、何度も思い返したそのときなのだから。

「カイル様はその当時すでに公爵家の若き当主様でした。そのカイル様の言葉を無視することはできません。その後、陰で虐《いじ》められることはありましたが、おかげで生活は格段によくなりました」

「……誰だってそんな子供がいたらそうするだろう」

カイル様が言外に自分だけが特別ではないと言うが、私は首を横に振った。

「いいえ。誰でもできることではありません。その証拠に、そのときまで私を庇《かば》ってくれる人は一人もいなかった……カイル様が初めてだったのです」

皆見て見ぬフリをしていた。ハッキリと「おかしい」と言ってくれたのはカイル様だけだった。

「どうです？　好きになるには十分な理由でしょう？」

「……一目惚れよりは信じられるな」

だが、とカイル様が続ける。

「悪いが覚えていない」

「ずっと昔のことですし、覚えていたら私の個人情報が保護されないじゃないですか」

大事な個人情報だ。漏れては困る。

「忘れられてても気にしませんよ。私の記憶の中にしっかり残ってますから」

「…………」

カイル様が冷たくなったティーカップに触れる。

「お前がなんでもできるのはその家族のせいか」

「はい。なんでもできるようにならないと、生きられなかったので」

できるようにならなければ役立たずとして、もっとひどい扱いをされただろう。

私にとってなんでもできるようになることは生きるのに必要なことだった。だけど……。

「カイル様が言ってくれたんですよ」

私は当時を思い出しながら言う。

「『どんな過程であれ、できるようになったことは誇ればいい』」

カイル様がそう言ってくれたから、私は自分のできることに誇りを持つことができたのだ。

「カイル様の言葉で、私は目が覚めたんです。『あれ？　こんなになんでもできる私って、もしや超人なんじゃ……？』と」

「極端な前向き思考になったわけか」

「そうとも言います」

後ろ向きよりいいだろう。自分を自分で褒めるスタイル。ビバ自給自足！

「俺たちはどこで出会ったのだろうか」

「ブッブー！　個人情報個人情報！」

カイル様の質問に、私は口の前で指でバッテンを作り「言いません！」とアピールする。

「……それぐらい教えてくれないと思い出せないだろう」

「思い出してほしいわけではないんです。いえ、むしろ思い出さないでください。あのときの私、浮浪児と言っても過言ではなかったので」

とてつもなくみすぼらしい子供だった。あの姿を思い出されるのは恥ずかしい。

「別に気にしない」

「いえ、私が気になります。わかりませんか。女は愛した男には綺麗な自分を覚えていてほしいものなのです。だから覚えるなら今の私を覚えていただきたいです。今日はほら、おしゃれしているので！」

ヒルダ様に買ってもらった服を着ているのだ。これほどおしゃれな服を着るなんて、なかなかない。だって今までの私、私服二着（しかも一着は部屋着）だったし。あとはメイド服しか着てなかったし。

でもヒルダ様にいっぱい服を買ってもらってしまったから、これから死ぬまでにたくさん着よう。

とりあえず今日はその中からヒルダ様イチオシのこの一着を見ていただきたい。

「どうですか、カイル様！　新鮮でしょう！　普段とのギャップにドキドキするでしょう！」

「お前のだめなところはそういうことを口に出してしまうところだと思うぞ」

「すみません。私なんでもできる優秀な女なのですが、性格だけは直りませんでした」

性格以外はすこぶる有能なんですが。一家に一人私がいるとたぶん大活躍。だから置いておくといいですよ。

「過去を教える気はないということか」

「すみません、こればかりはお恥ずかしくて……」

あの頃の細っこい不健康な子供ではなく、今の健康優良児な私を見てほしい。お願いだから思い出さないでください。

「わかった。もう無理には訊かない」

「さすがカイル様。たとえ気になっても無理強いしないその優しさ、好きです」

「そうか。俺は別に女性としては好きではない」

はい断られました。本日も記録更新。

——って。

「待ってください！　つまり人としては好きな部類に入るということですか⁉」

カイル様は今確かに「女性としては」と言った。つまり、女性として見なければ好きということでは⁉

「好きに解釈すればいい」

ツンデレカイル様の言葉に、私は有頂天《うちょうてん》になる。

「カイル様に認められるほど嬉しいことはないです。ああ、今すぐ心臓が止まっても悔いはない」

「いちいち大げさな」

「それほどのことなんですよ！　あとでアンに自慢しますね！　三時間ぐらい」

「やめてやれ」

カイル様に止められたから、アンへの自慢は一時間にしようと思う。

こうしてのほほんと過ごして、デートは終わり、あとでヒルダ様に報告したら「チャンスを無駄にする女」の称号を得た。

◇◇◇

あっという間にヒルダ様が領地に帰る日がやってきた。

「お世話になりましたわ」

「おぜわになりまじだー」

「やだ、鼻水つけないでくださいませ！」

ヒルダ様冷たい……。

ヒルダ様が帰ってしまうことが寂しくて、鼻水を垂らして泣いたら、ヒルダ様に引かれた。

ここは感動の抱擁《ほうよう》をするところではないんですか、ヒルダ様……。

「いやー、きっちり半年居座るとは思わなかったよー」

王太子殿下もヒルダ様をお見送りする。

「それを言うならあなたも半年いたじゃありませんか」

「そりゃカイルと君を二人きりにするわけにはいかないからね」

「仕事をサボる口実では？」

「仕事してたよ⁉　さすがにそこまで暇じゃないよ⁉　きちんとこっちに持ってきて仕事してたからね⁉」

　二人とも仲良いなあ。

　文通友達と言っていたから、お互いそれなりに知っている仲なのだろう。文通……いいな。死ぬまでにカイル様と文通とかしてみたかったな。

「オフィーリア」

「はい」

　二人を眺めていると、ヒルダ様に呼ばれる。

　ヒルダ様は箱を手にすると、それを私に渡した。

「餞別《せんべつ》ですわ」

「え……こういうとき、普通私が渡すものじゃ……」

「そんな決まりありませんし、貧乏なあなたにお金を出させるのは忍びないからいりません」

　貧乏、の二文字がぐさりと刺さる。その通りすぎる。いえ、ここに来てから給料きっちり払ってもらっているので、食うには困りませんが、ヒルダ様に比べたら貧乏人で間違いない。

「開けていいですか？」

「ええ」

ヒルダ様から受け取った箱をそっと開けると、中には便箋《びんせん》とインクと万年筆が入っていた。

「これって……」

「うちの領地は遠いですから、来るのは難しいでしょう。なので、たまに手紙を書いてくださいませ」

手紙のやり取りをしようと言ってくれているのだろうか。

「いいんですか？　私なんかが……」

「いいに決まっているでしょう。わたくしたち、友達ですもの」

ともだち。友達。なんていい響き！

私はいただいたプレゼントを箱ごと抱きしめた。

「絶対書きます！」

「お待ちしておりますわ」

ヒルダ様が美しい笑みを浮かべ、馬車に乗る。

「カイル様のこと、わたくし本当にもうなんとも思っていないので、遠慮しないでくださいませね」

「それを本人がいる前で言うか」

「あら、いるから言っているんです。いつまでも気があると思われたら、たまらないじゃないですか」

ヒルダ様が苦虫を噛み潰したような顔をする。

「カイル様のことはもう過去ですからね！　安心しなさい、オフィーリア」

安心と言われても、私はカイル様とそういう仲になる気はないので、曖昧《あいまい》にほほ笑んでおく。

馬車の窓からヒルダ様にチョイチョイと手で呼ばれ、私が近付くと、ヒルダ様は耳元で小さな声で言った。

「カイル様、あなたのこと満更でもなさそうですわよ」

「え……」

ヒルダ様はにこりと笑う。

「長年彼を知っている私が保証しますわ」

保証と言われても……。

「あなたがなぜ逃げているのかわかりませんが、世の中ぶつかったほうがいいこともございますわよ」

ドキリとした。

ヒルダ様はたまに鋭い。

「と、まあ、友達としてのアドバイスです。なにか強要するものではないので悪《あ》しからず」

「はい……」

ヒルダ様の善意からの言葉なのだろう。私を思ってのことだ。

だけど私はそれを実行に移せない。それが少しいたたまれない。

馬車で去っていくヒルダ様を見送りながら、私は寂しさを嚙みしめる。

「さあ、そろそろ中に戻ろうか」

王太子殿下が皆に屋敷に戻るよう促すが、カイル様に肩を摑まれた。

「お前も帰るんだよ」

「あ、やっぱり？　まだいちゃだめ？」

「だめに決まってる」

「ここ居心地いいんだよぉ」

頼むよぉ、と懇願する王太子殿下を無視してカイル様は手配されていた馬車に彼を乗せた。

「ねぇ〜！　俺いると楽しいよ〜？」

最後まで王太子殿下は騒いでいたが、ヒルダ様のときとは違い、皆笑顔で彼を見送った。

そもそもここは王城から近いからいつでも来られる。感動の見送りとはならない。

たぶん近いうちにまた来るな、と思いながら皆屋敷に戻っていった。

第三章　カイル様と私

「ホームシックならぬヒルダ様シックになっています」

私は部屋のベッドでシクシク泣いた。ああヒルダ様。お美しいヒルダ様。あなたはなぜ帰ってしまったの。

「面倒くっさ！　もうヒルダ様が去って二ヶ月たつのよ⁉」

「え、もうそんなにたった？」

ヒルダ様がいたのがつい先週のように思えるのに。つまり私は二ヶ月もの間ヒルダ様を恋しがっているのか。アンが面倒くさいと言うのも頷ける。

「寂しがっているけど、ヒルダ様と文通だってしてるんでしょう？」

そう、私はヒルダ様と文通をしている。

とてもいい便箋と万年筆をもらったのだからやらねば宝の持ち腐れである。私はアンに見せるためにヒルダ様からいただいた万年筆をいそいそと取り出した。

「うん。見てこの万年筆。すごく書きやすいんだよ」

「高そうだものね」

その辺で間に合わせで買ったものではなく、きちんと選んでくれたことがわかる一品だった。手にしっくり馴染み、長文を書いても疲れない。最高の万年筆である。おかげでついつい書きすぎてヒルダ様に「長い」とこの間手紙で指摘されたばかりだ。

だから我慢に我慢を重ねて今回の手紙は短めに書いた。十枚なら短いほうでしょう。

そう思いながら昨日したためたばかりの手紙を胸に抱くと、トントン、と窓が叩かれた。私は慌てて窓を開ける。

「ジェリー！」

つぶらな瞳。鋭い嘴《くちばし》。大きな羽。がっしりした爪。

そう、そこにいたのは鷹だった。

「待って、鷹!?」

アンは驚いて仰《の》け反《ぞ》った。

「なんで鷹がこんなところに!?」

「手紙を届けてくれるので」

「手紙を!?　そんな原始的な方法で手紙のやり取りしてるの!?」

そんなに驚くことだろうか。私はジェリーに水をあげながら説明する。

「ヒルダ様のペットらしくて。人づてよりはるかに速く届けられるの」

鷹を飼うなんてさすがヒルダ様である。私はヒルダ様が腕に鷹を乗せている姿を想像してうっとりする。似合いすぎる。

私はジェリーの首についている小さな筒に手紙を入れると、大きく手を振って見送った。

「よろしくねー」

ジェリーは自慢げに翼を広げ、颯爽《さっそう》と飛んでいった。

「いやあ……なんかいろいろ……すごい……」

「メルヘンだよね」

「メルヘン……うん、メルヘン……？」

アンが「メルヘン……か……？」と首を傾げている。鷹で文通なんておとぎ話みたいでメルヘンじゃないか。

「そうそう、そろそろ日勤と交代の時間だから呼びに来たんだった」

「あ、もうそんな時間か。ありがとうアン！」

「夜勤頑張ってー」

アンにお礼を言ってから部屋を出る。外がまだ明るいからうっかりしていた。

このフリンドン邸には夜勤がある。夜に使用人が全員眠っていたら緊急時に困るので当然である。

といってもそうそう緊急な事態などないので、ほとんどは翌日の食材の仕込みや、日中できない内職的なことをして過ごす。

ごく稀《まれ》に夜中に目覚めたカイル様に飲み物を届けることもあるらしいが、私はまだ当たったことがない。当たってみたい。そうしたらおそらくパジャマ姿の色気百二十パーセントのカイル様を拝める。きっとすさまじい破壊力。鼻血必至なのでポケットにちょっと分厚いハンカチを入れている。ほら、今日こそもしかしたらがあるかもしれないし！

と呼び出しを待ちつつ、明日使うジャガイモを洗っているが、カイル様に呼ばれる気配はない。

残念だな、と思いながら追加のジャガイモを食糧庫に取りに行こうと腰を上げた。

家主の寝た屋敷は薄暗い。

私は足元に注意しながら歩き、暗がりの中、階段を降りようとした。食糧庫は涼しい場所のほうがいいため、地下にあるのである。

ジャガイモを洗い終わったら次はなにをしようかなと考え事をしていたのが悪かったのか、人影が現れたことに気付くのが遅れた。

暗い空間からヌッと現れた目の前の影に、私は「ぎゃあああああ！」と大声を上げて後退《さが》ろうとしたが、私が歩いていたのは階段である。

ガクッと足を踏み外し、身体がふわりと浮く感覚がした。

あ、まずい。落ちる。

そう思って目をぎゅっと瞑《つむ》るが、身体に衝撃は訪れなかった。

代わりに温かなぬくもりを感じ、私は瞑っていた目を開けた。

「カッ、カイル様⁉」

カイル様が私を抱きとめてくれていた。

あの影はカイル様だったのだ。

いや、待って、私、服越しだとしてもカイル様に触れてしまっている！

前にヒルダ様が抱き着いたときも、服越しだったのに！

「すすすすみませんすぐどきますごめんなさい！　じじじ蕁麻疹大丈夫ですか⁉　意識は
……あら綺麗なお肌」

それはそれはピカピカの羨ましいお肌がそこにあった。さすがカイル様、お肌もツヤツヤ！

カイル様も珍しく驚いた様子で、自分の顔を触る。

「……本当だ。ブツブツもなければ痒くもないし、気を失いそうもない」

カイル様が私をじっと見つめる。

「お前、女だよな？」

「失礼な！　この胸は本物ですよ！」

大きくないけど！　でもきちんとあります！

「そうか……とりあえず離れてくれるか？」

「あ、すみません！　つい居心地がよかったので！」

「わざとだったのか」

こんな機会もうないかなと思って堪能してましたすみません！　でもスリスリするのは我慢したから許して！　蕁麻疹が出ていないこともきちんと確認しての行動ですから！

私はまだまだ堪能したい気持ちを抑えてカイル様の上から退いた。

「カイル様はどうしてここに？」

「眠れないから酒を取りに来たんだ」

なるほど。お酒も地下に保管している。

「私はジャガイモを取りに来たんです。ストーカーしたわけじゃないですよ」

勘違いされたら大変だと思って言いそえたが、言い方が逆に怪しくなってしまった。カイル様の疑うような視線に、私は余計に焦る。

「いや、違うんです……明日の分のジャガイモはもう洗い終わったんですけど、明後日も使うだろうから洗っておこうかなって」

「なんで明後日も使うとわかるんだ？　メニューがわかるのか？」

「いいえ。カイル様はジャガイモがお好きでしょう？　だから一日一食はジャガイモ料理が出ますよね」

「知っていたのか？」

「もちろんです」

カイル様の言葉に私は頷いた。カイル様から好物を聞いたことはないが、それぐらいわかる。

「私はカイル様の微妙な表情の変化にも気付きます。ジャガイモ料理があるとき、カイル様は少し表情が柔らかくなるんですよ」

シェフは当然カイル様の食の好みを心得ているので、カイル様のためにジャガイモ料理を作る。ただ、毎食ジャガイモまみれだと栄養が偏るから、一日一食だ。優秀なシェフは主の健康管理も怠《おこた》らないのである。

「好物を言い当てられたのは初めてだな」

「あと甘いものもお好きですよね」

「……知られすぎも怖いな」

しまった！　やりすぎた！

違うんです！　ストーカーじゃないんです！　ただカイル様が好きすぎてよく観察しているだけです！

「とりあえず、そのジャガイモ洗いの仕事は急ぎじゃないんだな？」

「はい」

暇だからやろうと思っていただけだ。

「なら付き合ってくれないか？」

「どこにですか？」

夜の屋敷が怖いから一緒に歩いてほしいんだろうか。

もしそうだったら可愛いな、と思っている私に、カイル様が手にしたワインボトルを見せる。

「一杯付き合ってくれ」

◇◇◇

カイル様の部屋に入ってしまった。

カイル様がぶっ倒れて以来である。

「本当に私が入っていいんですか？」

「大丈夫だ」

いいのか？　お年頃の男女が二人っきりになるんですよ！　いいんですか⁉

でも主と使用人だし、カイル様にその気がなさそうだしな。仮にも私はカイル様に告白しているんだけど、ここまで意識されていないのもなかなかだな。

ハッ、さっき触れて大丈夫だったのも、もしかしたらカイル様の中で私の性別が「その他」とかになっているからでは⁉

「座って大丈夫だぞ」

「私、仕事中なんですが」

「お前のことだからもうやるべき仕事は終わったんだろう？」

「終わってます」

夜勤は時間が長いので、なるべくゆっくり仕事しているのだが、それでもあっという間に終わってしまう。だから明後日のジャガイモまで洗おうと思ったんだ。

「ならいいだろう。主が付き合えと言ったのだから、これも仕事だ」

「はあ」

そう言われたら遠慮しすぎるのも野暮だ。私は促されるまま、ソファーの端に腰かけた。

おおう、柔らかい……身体が沈む……私のベッドよりフカフカ……。

ソファーを堪能しているとカイル様が私の隣に座って、グラスにワインを注ごうとする。私は慌てて手を差し出した。

「私がやりますよ！」

主にやらせるわけにはいかない。ここは私がやるべきだ。

「いい。たまには自分でやるのもいいものだ」

そういうものだろうか。わからないが、カイル様がやりたがっているのなら無理やりそれを奪うことなどできない。

私は大人しくカイル様にワインを注いでもらうことにした。

トクトクトクとグラスに注がれ、芳醇《ほうじゅん》な香りが漂う。

「これは……お高そうなワイン……」

「高いぞ。お前の給料五年分だ」

「ごっ……」

ということはこの一杯で……いくらだ……？

とにかく貴重な代物《しろもの》。私はごくりと唾を飲み込み、ゆっくり堪能することに決めた。

「乾杯」

「乾杯」

カイル様と乾杯までしてしまった！

私はにやけそうになるのを抑えて、グラスに口をつける。

「ほう……」

思わず息が漏れてしまう。ブドウの香りが鼻に抜け、舌に濃厚なうまみが一気に広がる。

一口飲んだだけでこのワインのすごさがわかる。さすがお高級。私の給料五年分なだけある。

「私の墓前に供《そな》えてほしい……」

「縁起でもないこと言ってないで、今飲め」

そうですね。死んだら味わえないので今しっかり堪能しておかないと。

私がチビチビとワインを飲んでいると、カイル様がソファに背を預けた。

「俺は酒が弱いんだが」

「甘党でお酒に弱いなんてカイル様属性激盛りじゃないですか好き」

「酔っているついでに話してみたくなってな」

私の好きを華麗にスルー。そんなところも好き。

カイル様は目がトロンとして、頬も赤くなっており、どうやら本当に酔っているらしい。まだグラスの半分しか飲んでいないのに、これは相当弱そうだ。

私？　ザルです。

「俺はもともとは女性恐怖症ではなかったんだ」

「ヒルダ様とも昔は普通に遊んでいたんですもんね」

二人は幼馴染で、一緒に狩りに行く仲だった。

ヒルダ様との手紙に昔のカイル様のことが書いてあったが、鬼ごっこをしたとか、取っ組み合いの喧嘩をしたこともあるとか綴《つづ》られていたので、そのときは女性に触ることができていたのだろう。

「子供の頃はよかったんだ。下心のある人間に悩まされることもなく、両親もまだ生きていたし、祖父もいた。しかし祖父が病でぽっくりいってすぐに、両親が事故で死んだ。そうして、俺に女性が群がるようになった」

カイル様はそのときのことを思い出したのか、表情が暗くなる。

「思えば、いくら子供でも、下心のある人間がほとんど近寄ってこないなんて普通ありえない。両親や祖父が俺を守ってくれていたのだと、皆が死んでから気付いた」

親の保護下にいたカイル様。準備もなしに公爵家当主という地位につき、様々な思惑渦巻く世界で生きるしかなかったカイル様。

カイル様は婚約者も決まらないうちに当主になった。そうなると、その妻の座を狙う女性たちが放っておくはずがない。

「はじめは、それまで仲良くしていた乳母の娘だった。夜中にベッドの中に潜《もぐ》り込んできて血の気が引いた。次はパーティーで声をかけてきた伯爵家のご令嬢で、飲み物に興奮剤が入れられていた。その次は夜歩いているときに男爵家の娘が服をはだけさせて俺に襲われたと主張した。その次は……」

「そ、そんなにあるんですか⁉」

「まだ三十分の一も言ってないぞ」

同じようなことが、そんなに⁉

「俺は常にベッドに誰かいないか、飲み物や食べ物になにか混入されていないか疑心暗鬼になり、外出するときは証人となる人間を連れて歩かなくてはならず、人通りの多い道と時間帯を選んで移動しなければならなかった。そうして自衛していても、隙をつくように女性たちは襲いかかってきた」

カイル様が身体を震わせる。

「そしてとうとう、ある日のパーティーのことだ。俺の手の甲に女性の手が当たった。ちょっと触れられただけなのに一気に身体中が痒く熱くなって、また怪しい薬でも使われたのかと慌てて逃げて、鏡を見ると顔中にブツブツがあった。蕁麻疹の症状だと気付くのに少し時間がかかった」

今まで蕁麻疹になったことがないのにいきなりなったら、顔にブツブツがあってもそれがすぐさま蕁麻疹と結びつかないだろう。

「それからさらに悪化して、女性が近寄るだけで寒気がして、触れられると倒れてしまうようになった。はじめに倒れたときが、クレイヴと一緒のときでよかった。一人のときに倒れたらそのあとなにをされるかわからないから、女性のいる場所に行くこともなくなった」

カイル様はパーティーに参加しない。倒れたあとのことを考えると、カイル様がパーティーに行きたくないのもわかる。

「大変でしたね……」

私の想像以上の苦労だった。「そりゃ女性を嫌いになる……」としか思えない。

その女性たちも他にやりようはなかったのだろうか。誰か一人でもカイル様の気持ちに寄りそうアプローチをしていたら、きっと結果は違ったのだろう。

ヒルダ様だったら可能だったかもしれないが、彼女の住むところと、カイル様の住むこの王都は距離がありすぎる。そしておそらく、ヒルダ様がカイル様の状況に気付いたときには手遅れになっていたのだ。手紙に「わたくしがもう少し早く気付けば……」と書いてあったから。

「でも触れた」

「え？」

カイル様が恐る恐るといった様子で私のグラスを持つのと反対の手に触れた。

そう、触れている。

蕁麻疹は出ていない。

「さっきは咄嗟《とっさ》のことだったからだろうかと思ったが、この様子では違うらしい」

カイル様が確認するように、私の手のひらを指の腹で撫でる。少しくすぐったい。

「信頼しているメイド長も、アンもだめだった。でもオフィーリアには触れられる……なぜだろうな？」

カイル様がコテンと首を傾げる。

こ、これは……酔っているからこそのあざとい行動！

可愛い！　可愛すぎる！

かっこよくて可愛いなんてパーフェクトじゃないですか！　さすがカイル様！

「カカカカイル様！　私の前で酔っ払っていいんですか⁉」

「オフィーリアは信頼してる」

「ひょえ、ありがとうございます！」

信頼されていたのか私！　やだ嬉しいどうしよう！　嬉しすぎて今ここで踊り出したら引かれるかな？　引かれそうだな、やめとこう。頑張って得た信頼が一瞬で消えるかもしれない。

信頼は得るのは難しいけどなくすのは一瞬なんだ。あとで部屋で踊ろう。

「誰かに話を聞いてもらったのは初めてだ……」

カイル様がグラスをテーブルに置いて、再びソファーに身を沈めて目を閉じる。

「王太子殿下やアーロンさんに話されたりは？」

「多少は話したり、現場を見られたりしているから、こちらの事情は知っているが、こうしてしっかり一から話したのは初めてだ」

私が、初！

貴重なカイル様の初めてをいただいてしまった。どうしよう、今夜は踊り狂うだけでは済まないかもしれない。熱唱してしまうかもしれないけど許して、隣の部屋のアン。なんなら一緒に歌おう！

「なんでだろうな……」

カイル様が私の手を再び撫でる。

「お前は味方だというのがわかるからだろうか……」

カイル様がこっくりこっくり舟をこぎ始め、そしてスーッとそのまま寝入ってしまった。

いつもの気の張った表情ではなく、すやすやと眠る穏やかな寝顔のカイル様は、安心し切っているように見える。

そうか、安心してくれているのか、私に。

「いつでも味方ですよ、私は」

私はカイル様にそっとほほ笑んで、その髪に触れようとして、やめた。そしてカイル様と繋がれた手を見る。

「離し難《がた》いな……」

きっとこれが、カイル様との最初で最後の触れ合いとなる。

カイル様の、私より大きな骨ばった手。決して自分からは触れてはいけない。繋がれた手を、見ているだけ。この手を握り返すことはできない。

私にその資格はないのだから。

あと少し、あと少しだけ。

私はそう思いながら、カイル様の体温を感じていた。

この時間がずっと続けばいいと願わずにはいられない。

しかし、ずっとこのままでいるわけにはいかない。私には仕事があるし、カイル様と一晩一緒にいたとなれば、怪しむ人も出てくるかもしれない。カイル様の評判が私のせいで落ちるなど、私には耐えられない。

私はカイル様が注いでくれたワインに目を向けた。

名残惜しいけれど、せっかくカイル様が注いでくれたのだ。これを飲み干してから部屋に戻ろう。

そう思ってグラスを手にしたとき、私は「あっ」と気付く。

「カイル様、どうやってベッドに運ぼう……」

◇◇◇

結局カイル様にひざ掛けをかけて、アーロンさんを呼びに行くという行動を取ってしまった。執事長も夜勤だったけど、腰をやった執事長にカイル様を移動させるのは難しいかと思ったのだ。というか庭師といい執事長といい、この屋敷、腰悪くする人多いな。皆様お気をつけて……。

朝になり洗濯物を干していると、険しい顔をしているカイル様と、ちょっと楽しそうなアーロンさんが歩いているのが見えた。カイル様のあの顔、おそらく二日酔いである。

ああ、カイル様にオレンジジュースをお持ちしたい……！　二日酔いにはビタミンと糖分が効きますよ！　あとシジミ！

カイル様にオレンジジュースを差し上げるために早くすべて干してしまおうと身体を動かしていたら、バサッと皺を伸ばして干したシーツの陰からカイル様が顔を覗かせた。その後ろにはアーロンさんもいる。

めてくる。


「ぎゃー！」

いきなりはびっくりする！

カイル様はそのままシーツの中からヌッと出てくると、眉間に皺を寄せたままこちらを見つめてくる。

やだ……カイル様に見られてる！　もっとおしゃれするべきだった⁉

私は外仕事でバサバサになった髪を手で撫でつける。

「ん」

カイル様がスッとなにかを差し出した。

「え」

それは昨夜のワインだった。

「あの、なんですか」

「やる」

やるって……私の給料五年分のこのワインを⁉

「こここんなのもらえませんよ！　あ、まさか五年間タダ働きですか⁉」

「そんなわけないだろう。俺では飲み切れないからもらってくれ」

グイッとカイル様がワインを押しつけてくるので、私は受け取らざるを得なかった。

「でもこんな高級なの……」

「一度開けているんだ。飲まないとどんどん質が悪くなる。残念ながら俺は酒に弱いからそんなに飲めない」

ワインボトルの中身は、昨日一杯ずつしか飲んでいないから、まだまだ残っている。

「俺が飲むといつまでかかるかわからん。もらってくれ」

私はワインボトルをギュッと握って勇気を出した。

「じゃ、じゃあ！　一緒に飲みませんか⁉」

カイル様が少し目を見開いた。

「変なことはもちろんしません。指一本触れません。ただ一緒に飲んで、カイル様の愚痴《ぐち》とかお聞きしたいなと。カイル様が潰れたらまたアーロンさんを呼びます！」

「アーロンは呼ばなくていい」

即答だった。

アーロンさんが穏やかな顔で口を開いた。

「お姫様抱っこでいつでもベッドに運びますよ」

「やめろ」

カイル様、お姫様抱っこでベッドに運ばれたのか！

私は瞬時に脳内でカイル様をお姫様抱っこしているアーロンさんを思い浮かべた。

どうしよう、背景に薔薇が見える。

「見たかったです！」

「見なくていい」

ああ、残念……。

しょんぼりする私に、カイル様は続けて言った。

「週末なら時間があるからたまに来たらいい」

カイル様はそれだけ言うとアーロンさんを引き連れて去っていってしまった。

週末に来たらいいって……。

「一緒に飲む許可もらっちゃった」

やはり今日は踊り狂おう。

ちょうどこの洗濯が終われば夜勤も終わりである。

ワインを抱えてスキップをしながら部屋に戻り、自作の愛の歌を歌って踊っていたら、隣の部屋から壁をドンと叩かれた。

アンが怒ってる。

けどやめられない止まらない！　私がさらにヒートアップすると。

「うるっさいわよ！　静かにしなさい！」

と、扉を開けて入ってきたアンにクッションを投げられた。すみません。

◇◇◇

さてカイル様と飲み仲間になりました。酔っ払ったカイル様を見れるなんて最高！　私、飲める女に生まれてよかった。

ただアーロンさんを呼ぶのは禁止されてしまったので、カイル様のお姫様抱っこを見ることはできなくなってしまった。残念。薔薇を背景にしたカイル様見たかった……いや、いつも薔薇を背負っているような美しい男性だけど、薔薇の咲き方が違うというかなんというか……。

カイル様が寝落ちしたときはひざ掛けをかけるだけで、毎回風邪を引かないか心配になるが、今のところそのような素振りはない。さすがカイル様！　健康優良児！

そしてそんな日々を過ごしていたら、あっという間に一年がたとうとしている。

「正確には三百六十日経過しましたよ、信じられますかカイル様」

「そんなに細かく覚えているのか」

「覚えているに決まっているじゃないですか！　カイル様と毎日一緒に過ごすんですよ。これを覚えておかないでどうすると言うんです」

「茶」

「はい」

私はカイル様に要求されるまま、茶を淹《い》れる。

「どうぞ」

「うん」

お茶を一口飲んで、カイル様がほう、と息を吐いた。

「いつ飲んでも最高の味だな」

「光栄でございます」

できることを褒められるのは嬉しい。それがカイル様だともっと嬉しい。

「そうか」

カイル様がティーカップを机に置いた。

「お前が来て一年近くになるのか。その間にこの味に近付けた者はいなかったな」

私がとりあえず雇ってもらえるきっかけになったのも、お茶が淹《い》れられるからだった。この技術があってよかった。

「生き抜くために極《きわ》めた技ですからね」

おかげでとてもおいしいお茶が淹《い》れられていると自負している。

苦労はしたが、そのおかげでこうしてカイル様のお茶係兼いろいろ有能に活躍するメイドができているのだから、人生どうなるかわからないものである。

「女嫌いなカイル様のそばにいられる幸せ。好きです」

「そうか、断る。でもお前ぐらい直接好意を告げてくるだけの相手のほうが信用できるな」

「私は身の程はわきまえておりますので」

カイル様は公爵家当主、私はメイド。

そこには越えられない壁があるし、私の過去だって誇れるものではない。むしろ今のメイドという職業が一番誇れるものかもしれない。

カイル様とはどう頑張っても肩を並べられる身分ではないのである。ちょっと悲しい。

「あっ」

私お手製のブレンド茶を楽しんでいたカイル様が突然声を上げ、「しまった」と頭を抱えた。

「どうされました？」

「…………忘れていた」

カイル様が心底嫌そうな表情を浮かべながら、机の引き出しから手紙を取り出した。差し出されたので受け取って中身を読むと、それは王太子殿下からだった。

「パーティーの招待状じゃないですか⁉」

カイル様は私がここで働き始めてから、一度もパーティーに参加していない。てっきりもう参加しないものだと思っていたのに。

「ああ、すっかり忘れていた。今回は王家主催で、絶対に参加するようにと念を押されているんだった……」

普段パーティーに参加しないカイル様。当然王家主催のパーティーも逃げ回っていたようだが、ついに捕まってしまったらしい。

「カイル様、大丈夫ですか？」

「ああ……女性に触らなければ大丈夫だ」

言葉とはうらはらに、カイル様の顔色は悪い。

「うっかり触れたら死んでしまうかもしれないけどな」

「大丈夫じゃないじゃないですか！」

カイル様の命が失われるなど、この世の大きな損失である。

「仲の良かったヒルダ嬢でああなったんだ。見ず知らずの女性に触られたら心臓発作にでもなって死ぬ可能性はある」

「パーティー行くのやめましょう！　ね！」

「冗談だ。さすがに死なないだろう。たぶん」

「確証ないじゃないですか！」

「以前のヒルダ嬢の件を除いて、女性には全然触れていないからな。お前以外」

「え……やだ……私は特別とかそういう……？」

「それで、このパーティーのさらにやっかいなところが」

「またスルーされた……」

だがいい。話を聞こう。

「パートナー同伴なんだ」

カイル様が深くため息を吐いた。

「パートナーって……女性を連れて来いということですか⁉」

女性恐怖症のカイル様が女性をエスコートして入場などできるはずがない。

「そうだ、ヒルダ様とか！」

ヒルダ様ならカイル様の事情を知っているから下手なことはしないだろうし、万一触れてしまっても、死なないことは証明済みだ。

しかしカイル様は首を横に振った。

「遠すぎる。辺境からここまで、今から手紙を出してはとてもパーティーには間に合わない」

なんと！　カイル様がパーティーが嫌すぎて先延ばしにして忘れていたばかりに！

「でも他に……」

誰がいるだろうか。貴族じゃないけどアン……？　でもアンも触れないと言ってたもんな……ヒルダ様よりひどい症状になるかもしれないし。

うーんと悩んでいると、カイル様の視線を感じた。

カイル様はまっすぐこっちを見ている。

やだ、朝ご飯に食べた小魚が歯に挟まってたりする？

気になるけど鏡がないので見られない。

「お前はどうなんだ？」

「はい？」

「だから、オフィーリアが俺と一緒に参加したらいいんじゃないか」

一瞬意識が遠くに飛んでしまった。

「わ、私ですか⁉」

「ああ。どうせパーティーでそつなく振る舞える知識とかあるんだろう？」

「それはまあ……」

私はポリッと頭をかいた。

「ご令嬢と見紛う所作と、パーティーでのマナーに関する知識もありますし、ダンスも完璧です」

「ほらできるじゃないか」

カイル様もこの一年近い間に私の有能さにすっかり慣れて、私ができることに驚かなくなった。あの驚いていたカイル様、ちょっと可愛かったのに。

「前から訊きたかったんだが、なんでそんな知識が」

「女には秘密の一つや二つあるものですよ。それを暴こうなんて、野暮ってものです。ね、アーロンさん」

カイル様の言葉を遮ってアーロンさんに話を振ると、アーロンさんは頷いてくれた。

「そうですよ、カイル様。女性のプライバシーに踏み込むなんて、言語道断です」

「お前に言われたくない。優男《やさおとこ》ふうな顔をして、相手の事情を根掘り葉掘り訊くだろ」

「そうしたほうが相手を意のままに操れるじゃないですか」

「悪の親玉のセリフだぞ」

アーロンさんに個人的な話するのやめよう……。

「オフィーリアさんが相手なら、ドレスもありますし、ちょうどいいですね」

ヒルダ様が来たときに作ったドレスがある。それをまた使うというのだろう。

「まったく同じじゃあんまりだろう。一応仕立て直してやれ。あと五日でもそれぐらいの時間はあるだろう」

「宝石はどうします？　新しく買いましょうか？　あと一応役者を雇うという手も……」

どんどんカイル様とアーロンさんの中で話がまとまっていく。蚊帳《かや》の外であるが、どうやら私がパーティーにお供することになりそうだ。

まぁ、せっかくカイル様とパーティーに行ける機会ですから喜んで行きますけどね！

「誰か雇うのはリスクが高い。やはりオフィーリアと行く。いいな」

二人の話がまとまったようだ。

カイル様に「いいな」と言われたら「はい！」以外の回答は存在しない。私は元気に返事をする。

「私はパーティーに同伴されても絶対に勘違いしないし、必要のない行動はしないと誓います」

私は笑みを浮かべた。

「身の程をわきまえておりますので」

◇◇◇

パーティーの日があっという間にやってきた。

「カイル様とパーティー♪　カイル様とパーティーカイル様とパーティー♪」

「落ち着いてくれ」

「この上なく落ち着いております。鼻血を出していないでしょう?」

「お前の落ち着いているの基準がわからないな」

そう言いながらも、カイル様が私を上から下まで確認する。

「似合っているな」

「社交辞令だとわかっていても興奮いたします。ありがとうございます。ドレスもまた素敵にアレンジしていただき感無量です」

ドレスはヒルダ様が来たときに作ったものであるが、少しだけ飾りなど変えてもらっており、新しいドレスを作ってもらったかのような気分で着ることができた。

最高品質のドレスとアクセサリー、そして化粧を施された私は、控えめに言ってなかなかの出来ではないかと自画自賛していた。

女は磨けば光る。それを実感している。

中の上の女が光り輝く特上に！

すべては宝石とドレスと化粧の力だけど。

「社交辞令じゃない。俺は似合っていると思った者にしかそうは言わない。お前は美人だ」

カイル様は表情を変えずにきっぱり言い切った。

「……さようですか」

私は赤くなった頬を隠すように俯《うつむ》いた。

彼は無自覚なのだろう。天然たらしである。これだから、迫ってくる女性が跡を絶たないのに。

カイル様は、女性は主に公爵家当主という身分に興味があると思っているようだが、カイル様自身を好きで追いかけている女性も多くいるはずだ。そしてそれに気付かない罪作りな男だ。

そして私はカイル様のそういうところも含めて、全部が好きだ。

「好きです」

「ああ」

いつも通りの返事。これでいい。

これが私の望んだものだ。

「――お前は、どうして『俺の気持ち』を求めないんだ？」

しかし、まさかのカイル様が私に訊ねてきた。こんなことは初めてだ。初めて私が告白をして、そのときに「好きになってもらいたいわけではない」と伝えてから、気にした素振りはなかったのに。

カイル様の疑問に答えなければ。そう、嘘にならない回答を。

「私は関係が壊れることを望んでいません」

馬車の前で、私をエスコートするために手を差し伸べるカイル様の手に、自分の手を重ねながら言った。

「今のままがいいのです。ただ想いを伝えられたらそれで私は幸せです」

私の言葉に、カイル様は「そうか」とだけ返した。

◇◇◇

カイル様と共に会場に入ると、視線が一気に集まり、参加者がざわざわと動揺するのがわかった。

今まで誰も同伴しなかったカイル様が、女を連れて来た。これだけで皆衝撃だろう。

きっと今日のパーティーは「カイル様の隣の女は誰だ」という話題で持ちきりになるのだろうな、と思いながら私は歩みを進める。今日の主催者にあいさつをしなければいけない。

皆が興味津々にしながらも、公爵であるカイル様に気を遣って道を空けてくれるので、主催者のもとへはすぐに辿り着けた。

本日は王家主催のパーティー。つまり、パーティーの招待状の差出人である王太子殿下のもとへ、である。

「やあ、カイル！　待ってたよ！」

王太子殿下がカイル様に明るい笑みを向ける。王太子殿下はヒルダ様が帰られたあと、王城に戻ってから会っていなかったが、実に元気そうだ。

「久しぶりだな。変わりないようでよかったよ」

「俺が王城に帰ってからまったく会いに来ない薄情な友達のせいで泣いてたよ」

「嘘つくな。城を抜け出してあちこち行ってたこと知ってるぞ」

「いやー、なんのことかなー？」

王太子殿下が耳を押さえて聞こえないフリをする。

「なんでパートナー同伴のパーティーにしたんだ？」

面倒なことをしやがってとカイル様の顔には書いてある。

「残念ながら我が国のパーティーは婚活の意味合が強くて、男女パートナーで参加するのが一般的だからだよ」

さらっと反論できない理由を告げられて、カイル様は不満そうながらも、口を閉ざした。

王太子殿下は、私を見て笑みを浮かべた。

「一回見てるけど、やっぱり似合うじゃないかオフィーリア！」

「ありがとうございます」

「カイルと並ぶとまたいいな！」

そう、このドレスのデザインは、カイル様のスーツと合わせて作られている。

今回は恋人だと騙す必要がないし、ただのパートナーとしての参加だから、別のスーツを着てきてもよかったのに。律儀な人である。

カイル様がキョロキョロと周りを見回す。

「クレイヴ、お前のパートナーは？」

「いないんだな、これが」

王太子殿下が肩をすくめた。カイル様が王太子殿下をギロリと睨んだ。

「お前、俺にはパートナー同伴を強要しておいて、自分はいないのか？」

「いや、いたんだよ。いたんだけど、この間、手紙で怒らせちゃって」

ヒルダ様だ！

ヒルダ様は王太子殿下とも文通をしていると言っていたし、この間手紙に「今度王都のパーティーに参加する」と書いてあったのは今日のパーティーのことだったのだろう。

王太子殿下にプンプンしているヒルダ様が頭に浮かんだ。

怒らせてしまったのなら仕方ない。手紙に精一杯の謝罪をしたためるといい。

「話が違う」

「まあまあ、そういうこともあるんだって」

怒るカイル様を軽くいなして、王太子殿下は私に優しい笑みを向ける。

「オフィーリア、その後フリンドン公爵家での暮らしはどうだった？　こき使われていない？」

「皆とても優しい、理想の職場です」

「それはよかった」

安堵したように笑みを深めた。

「おい、話は終わってないぞ」

「どうか楽しんでね～」

王太子殿下は、これ以上文句を言われたらたまらないと思ったのか、誰かに呼ばれたのをいいことに、他の人の輪の中に入ってしまった。

カイル様はそんな王太子殿下の後ろ姿を見ながら不満そうである。

「あいつは昔からああいうところがある」

「お二人は仲が良いですよね」

「良くない。年が近いからよく話すだけだ」

よく話す仲は一般的に仲が良いと言っていいと思う。

「それにオフィーリアもあいつと仲が良いじゃないか」

「え？」

「今だって一緒に話していただろう？」

今のって……フリンドン公爵家で楽しく暮らしてるか的なことを訊かれたやつ？

いやいやいや、今の会話は誰がどう聞いてもただの日常会話ですよカイル様！

「王太子殿下の紹介でフリンドン邸で働くことになったので、気にしてくれているだけですよ！」

実際は気にかけてもらうのがもったいないほど、私は充実した一年を過ごすことができた。カイル様のおそばにいられた。アンとヒルダ様という友ができた。メイド長や執事長と仲良くなったし、アーロンさんからはなぜかたまにお菓子をもらえる。

幸せである。とても。

「前から思っていたが、クレイヴとどこで知り――」

「せっかく来たのですから、パーティーを楽しみましょう！」

私はカイル様の話を遮って、給仕が運んでいたお酒とジュースを手に取った。ジュースはもちろんカイル様用だ。

「今取ったばかりなので、たぶんなにも怪しいものは入ってないかと。入ってても私がおそばにいるので大丈夫です！」

以前怪しい薬を盛られているカイル様が飲むのに抵抗があるかと思い、安心させるために言う。

なにかあったら担いで帰るから任せてください！

「頼もしいな」

ふっ、とカイル様が笑った。

カイル様が笑った！

「はわわわわ今死んでもいい」

「縁起でもない、やめろ」

本当なのに。

私はカイル様を一人にしないよう、チラチラこちらに視線を向ける女性たちがカイル様に近付かないよう、警戒しながら料理を取り分けた。

「カイル様にとっては不本意でしょうが、ここまで来たのですから王室のおいしいものをガッツリいただきましょう」

「我が家も負けないぐらいのものを出せる」

カイル様が張り合ってきた。ちょっと悔しくなったのだろうか。可愛い。

「それはもちろん！　存じております！」

使用人のご飯ですらおいしい、最高の職場である。アンが「これが食べられるから一生働く」と言っていた。

しばらく料理に舌鼓を打っていると、音楽が変わった。先ほどまでの、のんびりした曲ではない。ダンスの時間だ。

カイル様は手にしていたジュースをテーブルに置くと、私に手を伸ばした。

「ダンスは踊れると言っていたな」

「はい」

「せっかく来たのだから踊ろう」

私の手を引いてカイル様がダンスの輪の中に混じると、人々がざわつくのがわかった。

カイル様は公爵となってからダンスを踊ったことがない。

今回は王太子殿下からのご命令でこうして私というパートナーを連れて来たが、普段は絶対そんなことはしないし、パーティー自体ほとんど出ない。ダンスなどもっての外だ。

そのカイル様がダンスを踊るというのだ。皆がステップを踏みながら、こちらを意識しているのがはっきりとわかった。

私は久しぶりのダンスで、間違って足を踏まないようにと緊張していた。

「うまいな」

「お褒めにあずかり光栄です」

褒められるということはそれなりに踊れているのだろう。私はほっと息を吐いたが、すぐに今度は息を呑むことになる。

「お前は何者だ？」

ひゅっ、と喉が鳴る。

私は動揺を隠して訊ねた。

「――どういう意味でしょう」

「パーティーの作法が身についていて、ダンスも踊れる。先ほどクレイヴに見せたカーテシーも完璧だった。きちんと教育を受けた、それも所作から、伯爵家以上の人間としか思えない。なぜ我が家でメイドなどしている」

ああ、やはり。

昔から変わらず、カイル様は鋭い。

「今はただのメイドです」

「そんなことは聞いていない」

「今までなんだかんだ流してくれていたではないですか」

カイル様は私がいろいろできることについて不思議そうにしつつも、私が生きるためだったと言うとそれで納得してくれていた。

「今は興味が出た」

カイル様はステップを止める。

「お前が知りたい」

なんという僥倖《ぎょうこう》。カイル様からそんな言葉をもらうことができるとは、一年前の私は思っていなかった。

愛する人に知りたいと言ってもらえるなど、こんなに嬉しいことがあるだろうか。

「そうですね……答えは」

私は後ろから聞こえてくる足音を耳にしながら、にこりとほほ笑んだ。

綺麗に笑えているだろうか。そうだといい。

「すぐにわかりますよ」

だって最後かもしれないから。


「オフィーリア・イズマール！」

声が響き、私は兵士たちに囲まれた。

私の名を呼んだのは、王太子殿下だ。

「そなたをたった今より罪人として拘束する！」

王太子殿下は先ほどあいさつに行ったときとは違い笑っておらず、少し泣きそうな顔をしている。

「イズマール……？」

近くにいた貴族が声に出す。皆驚愕の表情を浮かべている。

そう、皆知っているはずだ。その名を。

私は王太子殿下に見せたときのように、今度はその場の全員に見えるようにカーテシーをする。

「オフィーリア・イズマールと申します」

皆が息を呑む。

「一年前にこの国と闘い、滅んだ、イズマール王国王家の唯一の生き残りです」

カイル様も驚いた表情をしていて、なかなか見ないその顔に笑いそうになる。

「なぜイズマールの王族が……」

その疑問は当然である。

だってイズマールの王族は――全員処刑されている。

カイル様が思わず漏らした声に、私は答えた。

「一年前、我が祖国イズマールがリネンバークに戦争を仕掛けました」

私は淡々と事実を伝える。

「私はこの戦争にイズマールの勝ち目はないと判断し、必要最低限の被害で済むように、この国に情報を流しておりました。そのことを考慮されて、一年死刑執行を待っていただいたのです」

敵国の王族に対してなかなかの温情だ。願いを聞いてくれた王太子殿下にはいくら感謝してもし切れない。

カイル様が重たそうに口を開く。

「自分の国を裏切ったのか」

「そうなります」

自分の国を、家族を、すべてを裏切って、私は一年生き延びた。

「……なんで一年の間、うちにいたんだ」

なにを今更、当然のことを訊くのだろうか。

「毎日伝えていたではありませんか」

そう、毎日欠かさず伝えていた。

「好きだからです。死ぬそのときまで、あなたのそばにいたかったから」

そばにいられるだけで幸せだった。

想いを伝えるだけで十分だった。

両想いになることなど望んでいなかった。


だって私は死ぬから。


「あなたが私の光でした。愛しています。どうか幸せに」

最後に私はカイル様に深く頭を下げ、王太子殿下のあとについていく。

後ろは振り返らなかった。もう満足だから。

◇◇◇

罪人を乗せるとは思えない豪奢《ごうしゃ》な馬車に揺られながら、外の風景を眺める。もうこの景色も見納めだ。

この国出身でもないのに、今はもうここが私の国だと思えるほどに、大事な場所になっていた。

「最後のパーティーは私への餞《はなむけ》ですか」

なぜか私と一緒に馬車に乗っている王太子殿下に訊ねる。

「まあそうだね。君に思い出をと思って」

「ありがとうございます。おかげで悔いなく死ねます」

一年間、想いを伝えながら、楽しく過ごせた。

最後にこんな餞別までもらってしまって、あの世に持っていく手土産が多すぎるぐらいだ。

「オフィーリア」

いつも笑っていることが多い王太子殿下が、真剣な表情をして私を見つめた。

「君は俺たちに情報をくれ、勝利に導いてくれた。祖国を裏切るのは並大抵のことではなかっただろう。それこそ、たとえ敵国の王女だったとしても、もっと恩赦を受けるべきだ。なのに、死刑を一年後にしてくれとだけ望んだ。――今もその気持ちは変わらないのか？」

私は頷いた。

「あのまま戦争が長期化すれば、多くの民が亡くなっていたでしょう。そもそも国力からして、我が国に勝ち目はなかった。父が欲をかいたばかりに起こったことで、民を犠牲にしたくなかった」

国民にはなんの罪もない。だけど戦争が激化すれば、亡くなるのは戦争を指示した王族ではなく、国民なのだ。

だから、彼らの命を守れるように、リネンバークと手を組んだのだ。

「しかし、どんな理由であれ、国を裏切ったことに変わりはなく、私を恨む人もいるでしょう。なにより、私はイズマール最後の王族となってしまった。血を絶やさねば、新たな火種になりかねません」

生き残った民の中に、私を担ぎ上げようとする勢力がいないとは言い切れない。

私は馬車の外を見た。子供が嬉しそうに走り、商売人が声を張り上げ、母親たちが楽しそうに会話をしている。

平和だ。平和な日常の景色だ。

一年前には見られなかったものだ。

そして、この景色の中に、イズマールの民もいる。

「私が死ぬのが一番いい結果になるんです」

殿下は寂しそうに微笑んだ。

「そうか。わかった」

馬車が止まる。目的地に到着したようだ。

王太子殿下の手を借りて馬車から降りると、小さな塔の前だった。罪人を幽閉する場所だろうか。

「しばらくここで過ごしてくれ。処刑日が決まったら教える」

「かしこまりました」

「なんだったら逃げても――」

「逃げません」

王太子殿下は苦笑して、その場をあとにした。

私は塔の中に入る。王城の敷地内ではありそうだが、本宮とはだいぶ離れているようだ。

「牢屋でいいのに」

優しい人だ。

あの人が王太子で、この国の民は幸せだろう。

「私の国とは全然違うわね」

第四章　オフィーリアの過去

オフィーリア・イズマール。

それが私の名だ。

イズマール王国は農業がメインで、一部の村ではいまだに物々交換でやり取りをしているぐらいの、あまり発展していない国だ。

私はそんなイズマールの末の王女として生を受けた。

しかし王女と言っても名ばかりのもの。

母は王である父に町で見初《みそ》められて無理やり手籠《てご》めにされた平民で、なんの後ろ盾もない私の地位はないに等しかった。

イズマールは昔から地位が一番低い王族を虐めて憂さを晴らすのが慣習となっていた。

そしてそのときの一番地位の低い王族――それが私だった。

気まぐれに殴られるのは当たり前。冷たい水を浴びせられ一晩外に立たされることもあった。

部屋など与えられず、厩《うまや》で暮らした。食事は一日一回の、パンと死なない程度のおかず。

使用人どころか、奴隷のようにこき使われ、一日中働き続けた。

お茶の淹《い》れ方を覚え、計算を覚え、掃除を覚え、庭仕事を覚え、料理を覚え……必要なことは懸命に覚えた。生きるためだった。

少しでもできなければ殴られ、ただでさえ足りない食事を取り上げられる。

だから間違いなく、早く、正確に。私はあらゆることを身に着けていった。

いっそ死んでしまえたら。

そう思うこともあったが、私には死ねない理由があった。だから必死に生にしがみついて、なんとか過ごしていた。

そんなふうに過ごしてやっと八歳になったある日、父が上機嫌で私に話しかけてきた。

「リネンバークの王族と上位貴族を招くことになった」

リネンバークは、我が国イズマールに隣接している国だ。

しかし、イズマールより商業が盛んで、あらゆる面で向こうのほうが発展しており、父がリネンバークに憧れていたのは知っていた。

「お前にはもてなすために働いてもらう。怠《なま》けるなよ！」

父は言いたいだけ言うと去っていった。私を殴っていかないところを見ると、相当に機嫌がいいのだろう。

しかし、どんな人たちが来ようと私には関係ない。いつも通り、仕事をするだけだ。

そしてついに彼らはやってきた。

リネンバークから来たご一行は、一目見ただけで裕福な国の人間だということがわかった。隣の国なのに、なぜこうも違うのだろう。

父も同じことを思ったのだろう。一瞬悔しそうな表情で彼らを見たが、彼らと目が合うと、途端にへりくだった態度に変わった。

「ようこそお越しくださいました。ぜひ遠慮なくお過ごしください」

父がリネンバークの人々にペコペコしている。

父が招いたのは、リネンバークの王様を含めた王族と、数人の貴族。

「あ」

その中に明らかに十代前半に見える若い少年が二人いて、思わず声が漏れて慌てて口を塞ぐ。

今リネンバークの方々にあいさつしている兄弟たちと違い、私は王族として彼らの前に出ることを許されていない。もし邪魔をすれば、ひどい折檻《せっかん》をされるだろう。

私は使用人たちの中に紛れながら、頭を低くして、粗相をしないように息を潜《ひそ》めた。

兄弟の中で一番美人で父のお気に入りである二番目の姉が、彼らに話しかける。

「はじめまして！　わたくしはリーゼ。仲良くしてあげてもいいわよ！」

ずいぶんと上から目線の姉の言い方に、リネンバークの大人たちは笑い、父は「リーゼ！」と珍しく鋭い声で叱る。父に甘やかされた経験しかない姉は、その声に少し怯んだようだが、言葉を訂正したりはしなかった。

そして肝心の少年たちは憮然《ぶぜん》とした態度だった。

「仲良くする相手は選んでいる」

黒髪の少年がそう言った。

「ごめんね、そういうことなんだ」

金の髪の少年も、それに同調するように頷いた。

ちやほやされた経験しかない姉は、まるで馬鹿にされたようなその態度に、顔をカッと赤くした。

私は気付かれないうちに、その場をあとにする。

少年たちは貴族の誰かの子供だろう。

私はこれからの仕事の段どりを頭の中で組み立てながら、私も他の兄弟と同じように育っていたら、あの少年たちと友人になれたのだろうかと、どうしようもないことを考えてしまう。

本当にどうしようもない。だって現に私は王族でありながらもこうして一人、手をあかぎれだらけにしながら、働いている。

「いいな……」

彼らはきっとひもじい思いも、寒い思いも、孤独な思いも、経験したことがないのだろう。

私とは別次元の人間だ。

私は彼らをもてなすための準備に意識を切り替えた。

◆◆◆

翌日の歓迎パーティーには私も手伝いに駆り出された。

リネンバークの人々に汚い子供を見せたくないのだろう。出迎えた昨日と、給仕のために彼らの前に出る今日だけはきちんとお風呂に入れてもらえ、比較的綺麗な服を着させられた。そうでなければお風呂といった贅沢なことは一週間に一回で、いつもは水で身体を拭くのみだ。使用人でも毎日お風呂に入れるから、私の扱いはそれ以下ということだ。

私は与えられた新しい綺麗な服を着て、懸命に給仕を行った。

しかし、育ち盛りの子供の身体で、一日一回の少ない量の食事ではとても足りない。栄養失調気味のまま、うまく動き回れるはずがない。

さらにその日は忙しいからと、私の食事は用意されていなかった。空腹を誤魔化《ごまか》しながら動き続け、使い終わった食器を下げようと手に乗せて歩こうとした瞬間、視界が回った。

あ、まずい。

倒れると頭ではわかっても、身体が反応しない。今この場で倒れたらあとでどんな目に遭うか。なにせ父はリネンバークの人々を招くことにとても力を入れていた。この失態を、父が見逃してくれるはずない。

もしかしたら今日が私の命日かもしれない。

私は覚悟を決めて目を閉じたが――、床に倒れることはなかった。

代わりにぬくもりを感じて、私は恐る恐る目を開ける。

「大丈夫か？」

視界に飛び込んできたのは、とても美しい人だった。まだ少年と言えるほど幼いが、危うい色気が醸《かも》し出された、誰もが目を奪われずにはいられないような、そんな人。

昨日姉を拒絶した黒髪の少年だ。

なるほど、あのわがままな姉が自ら仲良くしたいと言った訳が理解できた。

彼の紫色の瞳に吸い込まれそうな錯覚を起こしながら、私は辛うじて「はい」と答えた。

「無理はしないほうがいい。休め」

少年は私の頭に手を伸ばした。もしかしたら熱があるかどうか測ろうとしたのかもしれない。

しかし私は思わず身構えてしまった。

「ご、ごめんなさい！」

粗相をすれば殴られる。私は急いで謝って頭を抱えた。

少年は私の行動に驚いた様子だったが、震える私をそっと座らせてくれた。

「謝ることはないだろう。落ち着け、俺は君を殴らない」

私を安心させようとしているような優しい声音。私はゆっくりと頭から手を離した。綺麗な紫色の瞳がこちらを見ている。

「なぜ君が給仕をしている？　そのルビーの瞳、君はイズマールの王族だろう？」

イズマール王家の人間は、ルビーのような特徴的な瞳を持っている。だから私も平民を母に持ちながらも、王族として認められているのだ。

「そ、その……」

正直に言うわけにはいかない。そうしたら父はきっと怒るだろう。

なんと答えるべきか悩んでいると、聞き覚えのある甲高い声が聞こえた。

「ちょっと！」

「なに休んでるの!? 男と二人でいて……母親と同じで色目を使ってるのね!?」

リーゼが私に気付き、目を釣り上げて睨んでくる。

「ちゃんと働きなさいよ！ このクズ！」

リーゼが手を振り上げ、思わずギュッと目を瞑るが、衝撃が来ない。

おそるおそる目を開けると、少年がリーゼの手を摑んでいた。

「なにするの!?」

「客がいる前で堂々と子供に手を上げるとは……イズマールは古い風習がある国だとは聞いていたが、これはひどい。自分より下の者には手を上げて当たり前なのか？」

言われたことの意味はわかっていなさそうだったが、馬鹿にされたのはわかったのだろう。

リーゼが顔をカッと赤くする。

「はあ!? 部外者は引っ込んでなさいよ……！」

リーゼが今度は少年に手を振りかざす。少年は表情を崩さない。

リーゼの手が少年の顔に当たるという、まさにそのとき。

「なにをやっている！」

談笑していたはずの父がやってきた。

「お父様、こいつが……！」

リーゼが抗議しようとしたとき、父がリーゼの頭を押さえつけて無理やり下げさせる。

「お、お父様⁉」

甘やかされて育ったために、父にこんなことをされたことがないリーゼは、驚きを隠せない。

「公爵、娘はまだ躾《しつけ》がなっていなくてね。どうか許していただきたい」

父はへこへこしながらも、もちろん許すだろうと思っているのが透けて見える強気の態度で少年に言った。父の言葉を聞いて、リーゼは狼狽《うろた》えた。

「こ、公爵……？　まだ子供なのに……？」

「昨日そうご紹介いただいただろう？　お年は十二でいらっしゃるが、公爵なのは間違いない」

目の前の少年が公爵だということに、私も驚きを隠せなかった。

リーゼはおそらく彼の容姿にばかり目を奪われて、顔合わせのときはろくに話を聞いていなかったに違いない。

少年が公爵だったと知って、いくらわがまま放題なリーゼでも分が悪いと思ったのか、父の後ろで俯いていた。

「謝罪なら彼女にお願いします」

公爵様が私に視線を向けた。

父は私を見て煩わしそうにする。

「ああ……これはいいんですよ」

少年がぴくりと眉を動かした。

「『これ』とは？　彼女も王のお子では？」

「そうですが」

「やはりそうですか」

私の瞳の色から、私が王族の一員であることは気付いていたようだけれど、王の娘かどうかは確証がなかった。だから、私が何者か知るために、父にカマをかけたのだ。

他国の王にカマをかけるなど、豪胆な少年だ。父の顔が不快そうに歪むがそれにもまったく動じない。

「知らなかったのですか」

「ええ。瞳の色で王族なのはわかりましたが、王女かどうかわからなかったので、あのような質問をさせていただきました。無礼はお詫びいたしますが、どうして彼女を隠そうとするのですか。昨日俺は彼女を紹介されていません」

昨日の顔合わせは、私抜きで行われた。父としても、明らかに他の子供と扱いが違うとわかる子供を、リネンバークの重鎮《じゅうちん》たちに見せたくなかったのだろう。

イズマール王族の慣習となっていても、幼い子供を一方的に虐げることが眉を顰められる行為だという自覚はあるということだ。

「それは失礼しました」

父が慌てて私の腕を引き、自分のそばに立たせる。彼に従うその様子から、リネンバークの公爵だという彼が、父にとって重要な人物であることがわかる。

「この子はオフィーリアです。年は八歳。ああ、十二歳の公爵様とお似合いですね」

父が公爵様に向けて、嫌な笑みを浮かべる。

「美しかった母親に似て、見た目はいいんです。もしこの子を気に入ったのなら、ぜひ嫁に」

「せっかくですが俺は女嫌いでして」

即断られ、父は小さく舌打ちした。私のことを役立たずと思ったに違いない。

「そうですか。それは残念です」

「ですが、女性が虐げられるのを見たいわけではないので」

公爵様が私を見た。

「彼女に害をなさないでいただきたい」

「それはさすがに干渉しすぎですな」

公爵様を立てていた父も、だんだんといらだってきている。

「我が国には我が国のやり方がある。他国の方に指図される謂《いわ》れはございませんな」

「……なるほど。理解しました」

公爵様が頭を下げた。

「ただ、俺が滞在している間は、もてなしの一環として彼女を虐げないでもらえないでしょうか」

「……それぐらいなら」

リネンバークの人々は、明日帰る予定だ。その短い間ぐらい言うことを聞いてもいいと思ったようだ。

「オフィーリア。もう部屋に戻れ」

「ですが……」

まだ仕事が残っている。

仕事を少しでも残したらどれだけ折檻されるかわからない。いつもならそんなこと許されないはずだ。だから私は仕事をしないと――。

「聞こえなかったか？」

父が私を見下ろした。

「命令だ」

父の目が私を射貫く。この目をしたときは、父が怒っているときだ。

「はい、お父様」

私が返事をすると、父がギッと歯を嚙みしめた。

「私を父と呼ぶな！」

私はハッとして言い直した。

「はい、陛下」

私は王族でありながら家族と認められていない。だから父のことも父と呼んではいけない。

つい忘れてしまった。いつも言われていることなのに。

「――父を父と呼ぶことのなにが悪い」

公爵様が静かな声を出した。

彼はまっすぐに父を見ていた。

「父を父と呼ぶことのなにが悪いか言ってみろ」

とても鋭い視線で父を射貫いていた。

彼の怒りのこもった視線に、父が一歩後ろに下がった。

「子供は親に認められたくて、親を呼ぶ。それのなにが間違っている」

まだ十二歳の子供。その子供の怒気に押され、父が怯む。

「俺の親は俺を唯一の跡取りとして厳しく接したが、俺が呼べばきちんと答えてくれた」

父が退いた分の距離を詰めるように、彼が一歩前に出た。

「親の役目を果たしていないのに、親ヅラをするな」

彼の堂々たる迫力。それは生まれ持ったもので、人の上に立つ者が持っているべきもの。

そして、父が持ち合わせていないものだった。

幼い少年に反論もできず歯を食いしばっている姿は、実に滑稽《こっけい》だった。

そんな父の姿を見て、私は胸のつかえが一つ取れた気がした。

「——ありがとうございます」

今まで家族だからと、親を親と尊敬しなければいけないと心のどこかで思っていた。

だけど、彼が今言ったではないか。

『親の役目を果たしていないのに、親ヅラをするな』

そうだ。親の役目を果たしていないのだから、敬《うやま》う必要などなかったのだ。

たぶん私はどこかで愛情を求めていたのだと思う。

だからこそ懸命に彼らに認められようと、言われたことをすべてこなし、なんでもできるようになったのだ。

私は満足してペコリと頭を下げた。

初めて感じる晴れ晴れとした気分だった。

◆◆◆

父は公爵様に私を虐げないと言ったが、それは表面上のものだった。

だから今日も私には食事が用意されていなかった。さすがに二日間食べ物を食べないのはきつい。

空腹に耐えられなかった私は、残飯を探しに、厩を出て、王城の裏口へ向かっていた。

「あ」

すると、そこに公爵様が現れた。

夜の暗闇の中でもその美しさは陰ることなく、まるで光り輝いているように見える。

「これを」

彼は手にしていた籠《かご》を私に差し出してきた。

「え？」

「食事だ。あの王の様子では、食事を抜きにしかねないと思って持ってきた。厨房の者には口止めしたからこのことで君が責められることもない」

あの少しのやり取りで私の状況を理解できたのか。察しがよすぎる。

「すみません」

空腹でたまらず、遠慮せずに受け取ることにする。

「では」

「ここで食べればいいだろう」

その場を去ろうとした私を、公爵様が引き留める。

「厩が部屋代わりだと聞いた。食事をとるには不衛生だろう。……君の境遇《きょうぐう》を聞けば聞くほど腹が立つな」

公爵様がいらだたし気に言いながら、地面にハンカチを敷いてくれた。

「ここに座るといい」

「あの、でもハンカチを汚してしまいます」

「ハンカチは汚れるものだ」

私の着ている服の何倍も綺麗で高級なハンカチを汚すのは気が引けるが、好意を無下にするのもよろしくないだろう。

私は「すみません」と断って、腰を下ろした。

そのまま立ち去るのかと思ったら、公爵様は私の隣に座り込んだ。

「足りなかったらまたもらってくるから安心するといい」

だから遠慮はいらないという公爵様の気持ちをありがたく受け取り、私は籠にかけられた布を取った。

ハムとレタスのサンドウィッチ。魚のフライとキャベツの千切りを挟んだバゲット。牛乳と、リンゴも入っていた。

普段は絶対に食べられないものばかりだ。

私は思わずじっと籠の中を見つめてしまい、公爵様がコホンと咳払いをした。

「軽食で申し訳ない」

「い、いえ！」

どうやら中身に不満があると思われてしまったようだ。

「そうではなく……こんないいものを食べていいのかと思って……」

「いいもの？　これが？」

公爵様にとっては普通の食べ物なのだろう。しかし、私には手が届かない物ばかりだ。

「普段はどういうものを食べているんだ？」

「そうですね……黒パンに、水と、あとは残飯が少し」

「残飯だと⁉」

公爵様にとっては衝撃だったようだ。

公爵様は私を上から下までじっくり見ると納得したように息を吐いた。

「だからそんなに痩せているのか。子供が我慢するのはよくない。しっかり食べろ」

「す、すみません」

気を遣わせてしまった。

私が謝ると、「それ」と公爵様が言った。

「やたらと謝るのは癖なのか？」

「すみませ……あ」

また謝ってしまい、だけど他になにを言えばいいのかわからず、私は途方に暮れてしまった。

「謝罪より、感謝の言葉のほうが気持ちいい」

「え？」

「さっきのように、『ありがとう』と言えばいいんだ」

さっき……。

私は、父から庇ってもらったときに、自然と公爵様にお礼を言っていたことに気付いた。

そういえば、私、謝ってばかりで、感謝を伝えたことなどほぼない。

感謝ができるほどの立場でもなかった。いつも人の顔色を窺って、謝って過ごすしかなかった。

「ありがとうございます」

感謝の言葉は、とてもくすぐったい。

いつか自然に言えるようになるのだろうか。そうなりたい。

私はサンドウィッチを口に運ぶ。初めて食べる味だ。普段の食事とは比べ物にならないほどおいしくて、自然と涙がこぼれてしまった。涙を流しながら籠の中のものを食べる私の隣に、公爵様はただそっと寄り添ってくださった。

「君はなぜやり返さない？」

すべて食べ終わると、公爵様が言った。

「生きるためです」

言う通りにしないと彼らは遠慮なく私を切り捨てる。私は彼らにとってそれぐらいの存在だ。

「生きるために、こんな辛いことを続けるのか？」

「はい。私は生きなければなりません」

私は空になった籠を見る。

「母の遺言なので」

父に無理やり手籠めにされた母。

それなのに平民だからと冷遇された母。

だけど私に優しかった母。

愛情を与えてくれた母。

必死に私を守ってくれた母。

私を心配して、泣きながら亡くなった母。

「母の最期の言葉が『生きて』だったんです」

最愛の母が望んだ願いを、私は無下にできない。

母との約束を守るため。そのためだけに、どんなに虐められようと、なにを命じられようと、すべてに従ってきた。

痛いけど苦しいけど、耐えなければいけない。

だって、私は生きなければならないのだ。

カイル様は「そうか」と一言だけ呟いた。

「君のお母さんは君に生きてほしかったのだろう。それは間違いないと思う」

けれど、と彼は続けた。

「けれど、それは君に『笑って生きて』ほしかったのではないか」

「え？」

まったく考えたことのなかった指摘に、思わず声が出た。

「ただ生きてほしいのではなく、君に幸せになってほしかったのではないか」

私に、幸せに……。

私は母の顔を思い出した。

あれはよく晴れた日で、他の王族が珍しくいなくて、母と王城の中庭で食事をしていたときだ。

『オフィーリア。お母さんはね、あなたが幸せに生きてくれるなら、それでいいの』

母は私の頭を撫でながら。

『愛しているわ、オフィーリア。幸せになってね』

そう、確かに母は、そう言った。

「そうだ……私、幸せになってほしいって……」

そう言われたのに。

私は胸が熱くなった。

お母様お母様お母様！

ただ生きてほしくて『生きて』と言ったのではない。私に幸せになってほしくて『生きて』と言ったんだ。

私はなんという思い違いをしていたのだろう。

公爵様は泣き出した私の頭を静かにポンポンと叩いた。それは母が私を慰めるときの手に似ていた。

「私……私、今からどうしたら……」

母との本当の約束を守りたい。でも今更この生活から抜け出せるとは思えない。

「大丈夫だ」

公爵様が私を落ち着かせるように言った。

「今までのような生活は終わる」

「え？」

どういうことだろう。

「だから安心してほしい」

にこりと、笑顔を作るのが苦手なのだろうことがわかる表情で、それでも私を安心させようとするその笑みに、私の胸は温かくなった。

公爵様が籠を持って去っていっても、私はその後ろ姿をじっと見つめていた。

◆◆◆

翌日。

リネンバークの方々が帰るのを、皆でお見送りをする。

「またいつでもいらしてください」

父がリネンバークの王様に向けて笑みを浮かべる。どうにかして仲良くなっておきたい気持ちが前面に出ていた。

きっとこれだけもてなしたのだから、自分の気持ちは受け入れられる。父はそう思っていたに違いない。

しかし、リネンバーク王から告げられたのは、真逆の言葉だった。

「そうしたいが、そうできぬやもしれぬな」

想定と違う反応をされ、父は狼狽えた。

「な、なぜです⁉ なにか気に障《さわ》ることをしましたか⁉」

父としてはこれ以上ないほどの歓待だった。私が生まれてから今までで、一番豪勢な接待だったのだから、それだけ父の本気が窺える。

「私自身にはなにもしていない。私自身には、な」

リネンバーク王の目が、見送りの使用人の中に混じっている私のほうを向いた。リネンバーク王の視線の先を探った父も私と目が合い、憎々しげにこちらを睨みつけた。

「なにか勘違いをしておられるのでは？　子供になにかするなど決して――」

「まだなにも言っていないが、なにか心あたりがあると受け取ってよいのだな」

「い、いえその……」

リネンバーク王がなにか言うより早く言い訳を始めてしまったせいで、父は言い逃れができなくなったようだった。

「この国では、我が子への虐待が当たり前なのか？」

「そ、そんなことは……」

そんなことはない。一番地位が低い者を虐めるなど、王族だけの慣習だ。

しかし、そのことは普段隠しているし、リネンバーク王の前では父は私のことを虐げなかったし、そもそも存在を隠していた。

私の存在を知っているのは――。

「カイルからすべて聞いた」

リネンバーク王の言葉に、父が公爵様――カイル様を睨《ね》めつけた。

「なにかカイルに言いたいことでもあるのか？」

「い、いえ！」

リネンバーク王に指摘されて、父が慌ててカイル様から視線を外す。

「そういえば」

カイル様と年が近そうな少年――初日にカイル様と共にリーゼをハッキリ拒絶した少年が口を開く。

王に似ているから、おそらくこの方が王太子殿下だろう。さらりとした金の髪を後ろで結び、同じく金の瞳で父を射貫く王太子殿下が、臆することなく父の前に立つ。

「この国の王族は、昔から一番下の地位の王族を虐げる慣習があると聞いたことがあるんですが……まさかまだやっているんじゃないですよね？」

王太子殿下が笑顔で父に聞く。

「も、もちろん……！」

「それならなぜ彼女は使用人に混じっていて、あんなに痩せてるのでしょうか？」

他の使用人と比べても私は痩せすぎていたし、子供の使用人は他にはいない。普段とは違い、汚い服は着ていないが、着ているものぐらいでは、私の冷遇ぶりは隠せていないようだった。

「使用人に混ざるなど……そもそもあの子は使用人で……」

「イズマールの王族がルビーの瞳を持つことを、こちらが知らないとでも？　そもそも顔合わせをしたときにそれだけルビーの瞳が並んでいたら、それだけで理解しますよ」

どう考えても私も王族だろうと王太子殿下に言外に言われ、父は拳を握りしめた。まだ少年と言える年の王太子殿下に指摘されたのが、プライドの高い父には屈辱だったのだろう。

父はそのまま黙り込んだ。これ以上のボロを出さないようにしようと思ったのかもしれない。

リネンバーク王が私に目を向け、眉を下げた。

「なんと可哀想に……」

リネンバークの方々が私に憐れみの視線を向ける。

「使用人より顔色も悪い上に、身体も痩せすぎているではないか。使用人以下の暮らしをさせられていることが一目でわかる。どうやったらこんな子供にここまでできるのか」

リネンバーク王は父を睨んだ。

「悪しき風習をいつまで引きずっている。王族としての誇りがあるのなら、子供で憂さ晴らしなどせず、自分の感情ぐらい自分で律せよ」

王太子殿下に指摘されて不機嫌そうだった父も、リネンバーク王の迫力に押され、顔色をなくした。

イズマールとリネンバークでは国力に大きな差がある。彼らには父も強気に出られない。

悔しくて悔しくてたまらないだろう父は、それでもなんとか表情を取り繕うと言った。

「そうですな。そろそろこうしたものは断ち切らないと」

本当はそう思ってなどいない。大事なサンドバッグを手放したくないとその顔に書いてある。

「ああ。幼い子供を虐げるなど、人として軽蔑する。あんなに痩せて可哀想に……この子に食事もきちんと与えよ」

「もちろんです。オフィーリア。もう下がっていいぞ。今日からお前の食事もきちんと用意させよう」

これ以上私をここにいさせるのは得策ではないと察したのだろう。

父は不満そうにしながらも、リネンバーク王の手前、私に笑みを向ける。

ああ、これはまたあとで怒られる。

これからのことを思い震える私を安心させるように、リネンバーク王が続けた。

「今だけでなくちゃんとせよ。この子を少しでも虐げていることがわかれば、イズマールとは今後取引しない」

「そんなっ！」

うちは裕福な国ではない。リネンバークに依存している部分があるため、貿易を止められでもしたら、簡単に衰退してしまうだろう。

「わかりました。オフィーリアを今後は他の子供たちと同じように扱います」

「お父様!?」

静かにしていたリーゼが声を上げた。

「私は嫌よ！　こんななんの役にも立たない子と一緒の暮らしなんて！」

リーゼが不満を漏らしたのをきっかけに、他の兄弟も父に抗議する。

「そうだ！　オフィーリアを王族の一員としたら、一族の恥になる！」

「こんな子と一緒にされたくないわ！」

「下賤《げせん》な母親と同じ下賤な子だぞ！」

いつも兄弟から言われている罵詈雑言《ばりぞうごん》。

もはや慣れて心は痛まないが、リネンバークの方々にも聞かれていると思うと、恥ずかしくなって消えたくなった。私の存在価値がないことが知られてしまった。

私が顔を伏せた、そのとき。

ガンッ、と大きな音がした。

音のしたほうを見ると、カイル様が城門を殴ったようだった。

「クソ野郎ども」

普段ちやほやされることしかない父や兄弟は、言われたことのない暴言に驚いて目を見開いた。

「これがイズマールの教育なのか？　一人の人間を寄ってたかって虐め、そうすることでしか心の安寧が得られないような、そんな腐った国なのか、ここは」

「なっ」

父が怒りで顔を赤くする。

「失礼だぞ小僧！　公爵だと思って優しくしてやったのに！」

「要らぬ気遣いだ。俺のことも子供のくせにと思っているのが丸わかりだったぞ。気持ちを隠す術を知らないのか？　ああ、感情のコントロールができなくて、子供を虐待するぐらいだから、知らないか」

「な、な」

父が口をパクパクさせる。

「子供を奴隷扱いするなんて、畜生のやることだ。見ていて不快だ。人の皮をかぶっているなら人のフリをしろ」

「わ、私が畜生だと⁉」

受けたことのない侮蔑に、父が唇を噛みしめた。

「イズマール王、二度は言わない」

カイル様が父に鋭い視線を向けた。

「この子の待遇を他の王族と同等にしろ。そうしなければ、両国で話し合った条件はなしだ」

この接待の間に、両国でなにか取り決めがなされたのだろうか。父の様子から、なしになったらこちらが大打撃を受けるに違いない。

「子供の言うことなど……」

「すまないが、カイルはフリンドン公爵だ。我が国でも重要な地位にあり、そのカイルがそう決断したのなら、私も耳を貸さないわけにはいかない」

リネンバーク王の言葉に、父はカイル様への言葉を飲み込んだ。

父がプルプルと震える。怒りが抑えられないのだろう。しかし、辛うじて少しの理性は残っていたようだ。

「わかった……この子を他の子供と同じように遇することを約束しよう」

「お父様！」

リーゼはまだ納得していないようだ。

カイル様はそんなリーゼのことも冷ややかに見る。

「子供たちにもきちんと言い含めるんだな。誰か一人でもこの子を虐めたらそれだけで条約破棄だ」

「わかった」

父がここまで押されているのを見るのは初めてだ。あんなに怖く恐ろしい存在だった父が、とても小さく見えた。

所詮《しょせん》父も、自分より強い相手には歯向かえないちっぽけな人間なのだ。

「話はまとまったな。では我々は失礼する」

リネンバーク王が私に安心させるような笑みを向け、馬車に乗り込んだ。

「ねえ君」

「は、はい！」

王太子殿下に急に話しかけられ、声が上ずった。

「俺と文通しようか」

「はい？」

「うんうん、いい返事だ」

返事ではなく、疑問の声だったのだが、王太子殿下はおそらくどちらでも構わないのだろう。

そのままピューッと口笛を吹いた。すると白い鳥が飛んできて、鳥は王太子殿下の肩に止まった。

「この子あげるよ」

「え⁉」

鳥を⁉

「文通のときいないと困るでしょ」

文通のときに鳥って必要だったっけ……。

「それに、この子は賢いからね。君になにかあったら教えてくれるから、見張りにはもってこいだろ？」

王太子殿下がなぜ文通などと言い始めたのかわかった。私を守ってくれようとしているのだ。

自分たちが国に帰ったら、父や兄弟がまた私を虐めるかもしれないから。

「ありがとうございます……」

彼らが来てから、初めての優しさをたくさんもらってしまい、どうしたらいいかわからなくなる。

「いつかご恩をお返しします」

「いいよいいよ。文通に面白いことの一つや二つ書いてくれれば」

それはそれで難易度が高い。

王太子殿下は、「その子の名前決めてあげてね」と言い、馬車に乗り込んだ。

「オフィーリア」

背後で私を呼ぶ声がした。

「公爵様」

「カイルでいい。まだ公爵になったばかりで慣れないんだ」

カイル様はそう言うと、私をじっと見つめた。

「言っただろ?」

「え?」

「今までのような暮らしはなくなると」

あ……。

私は昨日したカイル様との会話を思い出した。

『今までのような生活は終わる』

もうあのときには、こうして父を追い込むことに決めていたのだろう。

「ありがとうございます」

カイル様に教えてもらった感謝の気持ちを伝えたら、カイル様は昨日とは違い、とても自然に綺麗に笑って。

私はきっと、この瞬間を一生忘れないのだろうと思った。

◆◆◆

その日から、あからさまな虐めはなくなった。

なにかされるのではないかと心配していたのだが、父も兄弟もそこまで愚かではなかったようだ。

王太子殿下がくださった鳥の存在も大きくて、あの鳥が王太子殿下になにか伝えるのではないかと考えているようだった。

リーゼからいじわるなどはされるけど、殴られることもなければ、温かい食事と寝床も与えられるようになった。さらに王族としての勉強も受けられるようになり、私は他の王族と同じように過ごせるようになった。

私で憂さ晴らしできなくなった分、私を王族として教育して、政略結婚させる方向に考えを変えたようだ。

父にどんな思惑があろうと、きちんとした勉強ができるのは楽しかった。もともと学ぶことは好きなのだ。

王太子殿下とも文通を続けていて、そこに時々綴られているカイル様の近況を私は大事に読み返した。

私を救ってくれた人。初めて優しくしてくれた人。それだけで好きになるには十分だった。

カイル様。カイル様。カイル様。

結ばれようとは思っていない。ただ想うことだけで満足だった。

そうして過ごしていたある日、私を見るだけで機嫌が悪くなる父が、珍しく上機嫌で私に会いに来た。

父はあれから滅多《めった》に私の前には現れなくなった。私を避けているのがわかったし、私も会いたい相手ではないので、そのまま過ごしてきた。

その父がわざわざ会いに来たのだから、なにか重要な用があるに決まっている。

「お前を婚約させようと思ってな」

ついに来た。

私ももう十七。政略結婚できる年になった。むしろせっかちな父からしたら遅いぐらいだ。

どこに売られるのだろう。父なら祖父ほど年が離れた相手でも私を売り飛ばしそうだ。どこの年寄りにもらわれるのか。それとも暴力的な夫か。

私に対して思うところのある父が、嫌がらせにそれぐらいはするだろうと予想していた。

私は諦めがついていた。父が私に教育を受けさせ始めたときから、いつかこうなると思っていた。

しかし続いたのは予想外の言葉だった。

「リネンバーク国の王太子と婚約しろ。悪い話ではないだろう」

私は目をパチクリと瞬かせた。

リネンバーク。彼らの――カイル様の住む国だ。

リネンバークに行けば彼に会えるかもしれない。

私は一瞬胸をときめかせたが、すぐに冷静になれた。

そもそも私と婚約してもリネンバークが得るものがなにもない。政略結婚はお互い利益があって成り立つのだ。こちらから婚約したいと言ってもお断りされるだけだ。

「向こうからそういった話が出たのですか?」

「いいや」

やっぱり。私がリネンバーク側でもイズマールの姫を政略結婚の相手には選ばない。

「では無理でしょう。こちらから提案しても、袖《そで》にされるだけです」

「なにを言っている。お前はまだあそこの王太子と文通をしているのだろう？　王太子はお前に気があるに決まっている。そうでなければここまで長く文通などするはずがない」

「王太子殿下は文通が趣味なだけですよ」

自分の知らないことを知れるから楽しいらしい。あとは私が無事か確認するためでもあるようだ。

少なくとも、父の言うような、私に女性としての好意があって文通をしているのではない。

しかし父はそんなことを信じない。父にとっては文通を楽しむということは理解できないし、人に近付くことは、その相手を利用したいときだけだからだ。

「いいや、お前に気があるはずだ。だから色仕掛けをしてでも落としてこい」

「色仕掛けって……」

できると思っているのか、私に。

子供の頃よりは栄養状態がよくなり、ガリガリだった身体はそれなりに女性らしくなったし、髪のツヤもよくなった。

だけど、色仕掛けできるほど身体に自信があるかと言えば否である。

「そしてスパイをしろ」

「……え？」

スパイ？

聞き間違いだろうか。そうであってほしい。けれど、父が私の前で冗談を言ったことは一度もない。

驚き固まる私に、父が続けた。

「お前がスパイになり、内部情報を寄こせば、あんな国ぐらい乗っ取れる。俺を馬鹿にしやがって。目にものを見せてやる」

父の顔が憎しみに歪む。

「馬鹿にって……長いこともうあそこの王族とは会っていないではないですか」

あの、私が虐められなくなったあの日から、彼らはイズマールに来ていないし、父もリネンバークを訪問していない。

直接馬鹿にされることもなければ、馬鹿にすることもできない距離だ。

「なにを言っている！　忘れられるものか！」

しかし父は激高《げっこう》していた。

「九年前、この私を馬鹿にしたんだ！　考えが古いと……我が国のやり方に口出ししやがって！」

まさか……私の扱いについて咎められた、あの出来事のことを言っているのだろうか。

「特にあの黒髪の小僧……一国の王に対して偉そうにしおって……！　忘れるものか！」

父はヘビのように執念深かった。カイル様が私を助けてくれたことを、ずっと根に持っていたのだ。

そしてやり返す機会を虎視眈々《こしたんたん》と狙っていた。

「お前ならやれる。お前をリネンバークの王太子の婚約者にするために、今まで教育してきたのだから。今のお前なら、疑われずに、スパイもできるだろう」

そしてあの国を潰す。

父はそう言った。

「……スパイなどして有利になっても、国力に差がありすぎます。仮に勝てたとしても、民が大勢犠牲になります」

私はこれ以上父を興奮させないよう、細心の注意を払いながら、デメリットについて説明した。

たとえ奇襲をかけて優位に立てたとしても、そもそもの国力が違いすぎる。あっという間に立場が逆転して、窮地に追い込まれるのは目に見えている。

しかも父の手前、「勝てたとして」と言ったが、ハッキリ言って勝ち目などない。

しかし、父は私の言うことには耳を貸さず、反対する私を睨みつけた。

「知ったことか。最終的に勝てばいいんだ」

これが、一国の王の発言なのか。

大勢の民が死ぬとわかっていながら、自分の矜持《きょうじ》が傷ついたという、ただそれだけのために戦を起こすのか。

今こうしている間にも、民は働き、税を収め、国民としての義務を果たしているのに、王が民を守る義務を放棄するのか。

昔からそうだ。この人は。自分が一番で周りはどうでもいい。

「わかりました」

だから私は決めた。

「お父様の言う通りにします」

この人の計画などぶち壊す。

◆◆◆

ありがたいことに、私には王太子殿下との連絡手段がある。

私は便箋を取り出すと、すぐに父の計画を詳細にしたためた。

そして最後にこう綴る。

『私に婚約の打診をしてください』

今後のために、父に私が王太子殿下の婚約者だと思われていたほうが都合がいい。

王太子殿下はきっと私の意図を汲《く》んで行動してくれるはず。

そう信じて鳥を飛ばす。

そしてすぐに結果はやってきた。

「来たぞ！　お前への婚約打診だ！」

父が嬉しそうに手紙を持ってやって来た。おそらくそれに私への婚約打診が書かれているのだろう。

「だから言っただろう！　あいつはお前に気があると！」

「……そうですね」

実際はこちらからお願いしたのだが、そういうことにしておいたほうがやりやすい。

「近々こちらに来るそうだ！　それまで肌の手入れを怠るなよ！」

父は上機嫌に部屋を出て行った。

王太子殿下が来る。そのときに計画を話そう。

「大丈夫……大丈夫……」

私は胸に手を当てた。

大丈夫、私はやれる。

それがどんな結果になろうとも、私は成し遂げてみせる。

そうして決意してから三日後、王太子殿下がやってきた。

「これはこれは、よくおいでくださいました！」

前回来たときのような好待遇に、王太子殿下は苦笑する。

あの一件からまったく関わろうとしなかったのに現金なものだ。魂胆《こんたん》が透けて見えすぎて、呆れ果てる他ない。

「さあ、ぜひ若いお二人でお話を！」

父がこれ幸いと私と王太子殿下を二人っきりにする。

絶対相手を逃がすなということなのだろうが、こちらからしたら好都合だ。

私は久々の再会に、カーテシーを披露する。

「お久しぶりです、クレイヴ王太子殿下。お元気そうでなによりです」

久々に会う王太子殿下は、幼さを残していたあの頃とは違い、背丈も大きくなり、顔立ちも凜々しくなり、次期王としての気概も兼ね備えた、立派な男性になっていた。

「久しぶりだね、オフィーリア。すっかりレディになって。あれからきちんと王族として過ごせたみたいで安心したよ」

きちんとした王族、というのは、昔のように奴隷のような存在ではなくなったということを言っているのだろう。

昔の暮らしは今考えてもひどいもので、あの頃はこうしてドレスを着て過ごすことになるなど想像もできなかった。

「おかげ様で、きちんと食べられるようになりました」

「王族としての教育も受けているみたいだね。美しいカーテシーだったよ」

「恐れ入ります」

今の私は王女らしくできているということだろう。

「それで、時間もないから本題にいくけれど」

簡単なあいさつを終えると、彼は切り出した。いつ父が戻ってくるかわからない中、早く話し終えたいのはこちらも同じだ。

こうしてここで話をしていること自体危ないが、婚約の話を父に信じ込ませるためには、こうして直接彼が会いに来るのが一番だった。

一応扉の前に王太子殿下が部下を配置して警戒してくれているが、時間がかかればかかるほど、話が漏れるリスクも高くなる。かといって私がリネンバークに行くということも父が許してくれるはずはない。

今早急にすべての話し合いを終わらせなければ。

「戦の話、本当か?」

「間違いございません」

王太子殿下は額を手のひらで押さえた。

「ただ言ってみただけということは……」

「父に限ってございません。あの人はやると言ったらやる人です。自分のプライドのために」

あの人が大事なのは自分だけなので。

王太子殿下が再びため息を吐いた。

「それで、なにか策があるようだったけれど」

「私を王太子殿下の婚約者だと、父に思わせてください」

「それをするとどうなるんだい？」

「父は私にスパイをさせようとしています」

王太子殿下の婚約者として、情報を盗むように言われた。

「ですので、スパイのフリをしながら、逆にそちらに我が国の情報をお渡しします」

戦争において、もっとも大事なのは情報だ。

相手の戦力はどれほどか。武器はなにか。作戦はどうか。食料はあるか。王族の体調など、
そうした細かい情報すら、戦争では役に立つのだ。

その情報を、私はリネンバークに渡す。

「そうすると、君の国は確実に負けるけれど」

「そうしなくても確実に負けます。王太子殿下もおわかりでしょう」

イズマールが勝てるはずなどないと、理解しているはずだ。

王太子殿下は案の定、「まあね」と言った。

「確かにその情報で俺の国は死者を減らせるだろう。こちらとしてはメリットしかないが、君になにも得がないのにそんなことをするわけじゃないだろう？」

条件はなんだと、王太子殿下は聞いた。

「我が国の民を、そちらの民と同じように受け入れていただきたいのです」

ハッキリ言って、図々しいお願いだ。

これから戦争を仕掛けようとしている国の人間を、受け入れろと言うのだ。しかも、自国民と同じ待遇で。

でも私は罪のない国民を、可能な限り苦労のないようにしてあげたかった。

「我が国の国民の衣食住の確保。そして仕事の斡旋《あっせん》。人権保護。これをお願いしたいのです」

王太子殿下はうーん……と少し悩まれた。

「それをしなければ？」

「私は情報を渡さないどころか、最後の悪あがきとして私の知恵を父に貸します。受け入れてもらえない場合、そのほうが民が生き残る可能性が高くなるので。そうすれば戦争は長期化し、お互い疲弊《ひへい》するでしょうね」

結果的に負けるにしても、大敗しないようにするつもりだ。そうすればそれだけ国民も生き残り、お互い疲弊している状態では、そこまでこちらの国をないがしろにできないはずだ。

「人命もお金も多く失うことになるわけだ」

「私の提案を受け入れていただけない場合に限ります」

提案を受けてくれれば、そのようなことはない。そして、私は彼が私の提案を受け入れるであろうことが予見できている。

だてに数年手紙のやり取りをして、友情を育んできたわけではないのだ。

「もちろん、条件を受け入れよう。でもいいのか？」

やはり私の提案を受け入れてくれた王太子殿下は、私を気遣うような視線を向けた。

「なにがです？」

「戦争をやめさせるには、最終的にイズマール王族の死が必要だ。……大丈夫かい？」

肉親を切り捨てられるのか。

王太子殿下はそう言っているのだ。

そんなこと、この話を出したときに、覚悟している。

「もちろんです」

余計な火種は消すべきだ。

「私のことも、処分してくださいね」

私だって王族なのだから。

私の発言に、初めて王太子殿下が焦りを見せた。

「なに……なにを言っているんだ？　君は戦争の功績者として生き残っていい」

「無駄な争いの種は潰すべきです。ただ一人、王族が生き残ったとなれば、誰かが私を担ぎ上げようとするかもしれない」

反乱の火種などいらない。私が求めるのは民の安寧である。

「だから、そのときになったら、私の首を刎《は》ねてくださいね」

王太子殿下が、しばらく沈黙したあと、口を開いた。

「……ではその前に、君に褒賞をあげたい。なにがいい？」

褒賞。そんなものをくれるのか。

私はこれから敵国の姫になるというのに。

たとえ二重スパイをしたとしても、その事実は変わらないのに。

でも、その優しさに、今は甘えたい。

最後なのだから、わがままを一つ言ってもいいだろう。

「カイル様の……」

「うん」

「一年間、カイル様のおそばにいたいです」

一年でいい。それ以上は長すぎる。

「だが、カイルは今女性が……」

「特別な関係になりたいなどと思っていません。そばにいられればそれで。そう……彼の屋敷で働かせてもらえたらいい。近すぎず、遠すぎず、そんな距離でそばにいられたら」

彼のそばにいて、彼の顔を見て、彼のことをただ想っていられる。

そういう距離で過ごして、それから死にたい。

「それだけで、もう思い残すことはありません」

たった一つの願いである。

王太子殿下は、私の願いに、一言「わかった」と返してくれた。

私はその返事に満足して、笑みを浮かべた。

第五章　生きる意味

「あ、忘れてた」

私は目の中に入れていた色付きガラスを取り出す。

王太子殿下から借りたものだ。これでルビーの瞳を隠していた。

私の目はそれだけでイズマールの王族だと証明してしまうから、この一年の間の必需品だった。

「返し忘れちゃったな」

私はそれをテーブルに置いて、そっと窓を見た。

外には満月が浮かんでいる。

「幸せだったなぁ」

この一年が、私の人生で一番幸せだった。

自分でしたいことができて、友と呼べる者もできて、なにより愛する人のそばで過ごせた。

「もう十分」

もう十分満足だ。

◇◇◇

「本当にいいのか？」

刑の執行当日。わざわざ塔からここまで、丁寧に自ら私を案内した王太子殿下が、再度確認してくる。

しかし私の意志は変わらない。

王太子殿下の言葉に私は頷く。彼は悲しそうにこちらを見つめたが、すぐに逸《そ》らされた。

優しい王太子殿下のことだ。きっと苦しむだろうことを想像して、申し訳なくなった。

「これより、オフィーリア・イズマールの処刑を執行する」

王太子殿下の声に、人々が声を上げる。

私は死刑執行人に促されるまま、絞首台を上った。

最期に自分はなにを思うのかと思ったけれど、思い出すのはカイル様の屋敷で過ごした日々ばかりだった。

ああ、私、最後の最後に、本当に幸せになれたのだな。

愛する人のそばで過ごせた。毎日顔を見られた。話ができた。笑顔をもらえた。

これ以上欲しがったら神に叱られてしまう。そう思うほど、私は満足だ。

思い残すことは一つもない。

さようなら、屋敷の皆さん。さようなら、王太子殿下。さようなら、ヒルダ様。さようなら、アン。

そしてさようなら、カイル様。

どうか彼らがこれからも、幸福でありますように。

首に括《くく》りつけられる縄を感じながら、私は大きく息を吸った。

これで本当に終わりだ。

「待て！」

私が覚悟を決めたとき、一際大きな声が響き渡った。

その声を、私が聞き間違えるはずがない。

「カイル様……」

そこには息を切らせたカイル様が立っていた。

「処刑は中止だ！」

「なっ」

ありえない言葉に驚きの声を上げる。

「なにをおっしゃっているのですか！　私の処刑はもう決まっていて……」

「国王陛下より処刑取りやめの勅命書をもらっている。そしてこれはイズマールとリネンバーク両国国民からの処刑に反対する者の署名だ」

そう言ってカイル様は手にしていた紙束を投げる。ひらひらと舞う紙は果たして何枚あるのだろうか。

その大量の紙一枚一枚に、自分の処刑をやめるよう、人々が名を書き連ねたというのか。

「どうして……」

私は死ぬべきだ。あのとき覚悟を決めたのだ。

戦争を引き起こしたイズマールの最後の王族。

その責任を取るべきだ。

だから、私は……。

「悪いことをしていないからだ」

呆然とする私に、カイル様が言う。

「イズマールの民とリネンバークの民の被害を最小限にするために、情報を渡した。イズマールの民がうまく逃げられるよう、手配までしていただろう。その結果、戦争があったとは思えないほど、両国の被害は小さい」

そう、私はイズマールの民が戦争に巻き込まれないように、リネンバークに脱出できる道を作り、イズマールの民であっても迫害せず、仕事を差別なく与えてくれるように王太子殿下に頼んでいた。

また、戦でイズマールの民が傷つかないためにも、民にはひそかに状況を伝え、リネンバークの兵士を攻撃しないようにした。そして攻撃してこない限りイズマールの民を害さないようにリネンバークの側にも伝えていた。

それも情報を渡す条件にしていたのだ。

両国の民が、この愚かな戦で傷つかないようにと。

「姫様ー！」

絞首台の下から声がする。

「死なないでください！」

「我らの救世主に慈悲を！」

「王女様を殺したら許さない！」

「おひめさま、ころさないでー！」

あれは――イズマールの民だ。

私が絞首台に上ってから大きな声がしていると思っていたが、あれは歓声ではなかったのか。

老若男女、多くのイズマールの民がそこにはいた。ああ、私、ちゃんと守り通せたのだ。

彼らは泣きながらこちらに必死に手を伸ばしていた。

だけど……。

「……だめよ……」

私も泣きそうになりながら言った。

「私が生きていると争いの種になる……。だって私は腐ってもイズマールの王族だもの。被害は小さかったけど、リネンバークに恨みを持つ者がいないとも限らない。そうした人々が私を担ぎ上げようとしたら、いらぬ争いの種になるわ……」

だから私は死ぬほうがいいのだ。

敗戦国の王族などいないほうがいい。

「それは違う」

カイル様がハッキリと言い切った。

「このイズマールの民を見ろ。皆お前を慕っている。それなのに、お前を処刑なんてしてみろ。イズマールの民はリネンバークに不信感を抱き、それこそ反乱が起きかねない」

私はそこにいるイズマールの民を見た。

皆が私を守ろうと必死になっている。

「あなたが生かしてくれたんです！」

「王の暴走を止められなかった、すまなかったと言いながら、逃がしてくれたのはあなたですよ！」

「なにも悪いことをしていないのに、死ぬ必要があるものか！」

私はただ、王族としての務めを果たしただけだ。

「オフィーリアー！」

聞き覚えのある声もする。

アンだ。

「あんた、なにしてるのよ！　勝手に死ぬなんて許さないんだから！」

そう言いながら、アンが泣いているのが、この距離からでもわかった。

たった一年、一緒に過ごしただけだ。

だけど、彼女は私にできた初めての友達だった。

「そうですわ！　自分勝手にもほどがありますわよ、オフィーリア！」

ヒルダ様も、そこにいた。

「なにか相談ぐらいしたらいいじゃないですの！　それを勝手に自分で決めて死ぬですって⁉」

ヒルダ様は怒っている。

「あなたがわたくしに一歩引いているのは知っていました。でもあなたから踏み出すのを、わたくしは静かに待っていたのです。なのに……」

ヒルダ様がキッと涙目でこちらを睨みつける。

「こんなことならもう待ちませんわよ！　早くそこを降りてきなさいオフィーリア！」

ヒルダ様。強くて優しいヒルダ様。

私にはないものを持っている彼女が、ただただいつも眩しかった。

踏み込むことなどできなかった。だって私はどうせ死ぬ。

だから、束の間でも、仲良く過ごしたかった。なのに、最後の最後で怒らせてしまった。

「生きていないと喧嘩もできないでしょう！」

やはり彼女が眩しくて、視界が滲む。

だめだ、これは。これ以上彼女たちを見ていたら、私は。私は。

私は視線をカイル様に戻した。

カイル様は――笑っていた。

「両国のことを思うなら、生きろ」

私は唇を嚙みしめた。

「できないっ！　だって……だって私は親や兄弟を殺した……っ！」

あんな親でも、親だった。

自分と間違いなく血が繋がっている、肉親だった。

彼らが死ぬきっかけを作ったのは間違いなく私であり、もし私が彼らをリネンバークに差し出していなければ、彼らはどこかに亡命するという手段が残っていたかもしれない。

しかし私は国民と彼らを天秤にかけ、迷いなく国民を選んだ。

しかし、どんな親だろうと見殺しにするというのはとても恐ろしく、毎日罪悪感で押し潰されそうだった。

『裏切り者』

最後に私を見てそう言った父を、きっと私は一生忘れられない。

「背負ってやる」

抑え切れない涙をボロボロ流す私を見ながら、カイル様が言う。

「お前の罪も罰もなにもかも、一緒に背負ってやる」

カイル様が絞首台に上り、私の首にかかっている縄を取った。

私は触れてこようとするカイル様を避ける。

「なにを言っているんです！　あなたに背負わせるものなんてなにも！」

「お前が罪人だと言うのなら、俺も罪人だ」

私は目を瞬いてカイル様を見た。

「お前の親兄弟の首を斬ったのは俺だ」

それは知っている。

イズマールとの戦争で、前線で活躍したのはカイル様で、父たちを討ち取ったのはカイル様だと、私は知っている。

なぜならその場に私もいた。

血に濡れた玉座。転がる兄弟と両親。私はそれを、陰から見ていた。

「……しかし――。それのなにが罪なんです。戦争なんだから、王の首を取るのは当たり前のこと」

そういうものだ。それが戦争だ。

和平交渉ができればいいが、そうならなかったら、どちらかの国の頭を殺すしかない。

それは至極当然のことだ。

むしろそうしなければ戦争は終わらない。カイル様は戦を終わらせたのだから、英雄として誇るべきだ。

「あなたは成すべきことをした。なにも間違っていない」

だから、謝る必要はないのだと、あの頃のカイル様に向けて言った。

「ならお前もそうだろう。成すべきことをした。国民を守り通した。そのお前がなぜ死ななければならない」

なぜって……それは……。

「私は……」

私は、どうしたらいいのか。

だって死ぬべきだろう。そのほうが合理的だ。

親殺し。兄弟殺し。そして存在するだけで大きな火種となりかねないのに……。

生きるなんて、そんなこと……。

カイル様が私を抱きしめる。

「大丈夫だ、オフィーリア」

まるで小さな子供をなだめるように、カイル様が私の背中を摩る。

「お前の過去も、未来も、全部背負ってやる」

すべて背負ってやる。

そう言うカイル様に、私はぎゅっと抱き着いた。

全部受け入れてくれるのか。

愚かな私を。弱い私を。


未来を捨て切れない私を。


私を抱きしめるカイル様に、私は問うた。

「女嫌いはどうなったんです？」

「お前のことは嫌いじゃない」

天邪鬼《あまのじゃく》なカイル様。彼は好きなものを決して好きとは言わない。


嫌いじゃない。


彼は好きなものを必ずそう言うのだ。

私は嗚咽《おえつ》を漏らす。私は。

私は――。

「生きたい」

あなたと共に。

◇◇◇

本日もいい朝である。

私は隣に座っているカイル様に、声をかける。

「おはようございます、カイル様。本日も大変麗しい寝ぼけ眼で私は胸がキュンキュンです。好きです」

「おはようオフィーリア。盛大に寝ぐせを付けたお前のことも、俺は嫌いじゃないらしい」

三百六十五回目以降の告白は、すべて大成功である。

書き下ろし
番外編

オフィーリアの幸せ

「オフィーリア、あんたねぇ」

「大体あなたはいつも」

こんにちは。アンとヒルダ様から叱責されて涙目のオフィーリアです。

命が助かったはいいけど、その瞬間から説教って……抱きしめて「馬鹿ぁ！」とか言う感動ハッピーエンドではないんですか？　私はてっきりそうなると思っていたんですけど？

処刑場からフリンドン邸に戻ってから私はずっと謝罪マシーンと化している。

「聞いてますの！　オフィーリア！」

「ボケっとしないの！」

「すみません……」

ガチギレの二人怖い。

「二人ともそのぐらいにしてあげたら？」

王太子殿下が助け舟を出してくれる。

「オフィーリアになに言っても無駄だよ」

「なんでそう思いますの？」

「俺の言うこと聞いてくれなかったのに、カイルの言うことは聞いてくれるからな」

ね、オフィーリア？

笑顔でそう言ってくるけれど、これはわかる。王太子殿下すごく根に持ってる。

確かに何度も何度も死ぬ必要はないと言われていましたよ。ええ。でもそんな簡単に承諾できないじゃないですか、私の立場だと。仕方ないじゃないですか。ね？　と言いたいけど言ったらいけない雰囲気を感じ取り、やはり「すみません」としか言えなかった。

「あと、鳥、早く取りに来てね。寂しがってる」

「はい」

文通用に王太子殿下からいただいた鳥は長寿なようでまだ生きている。

私が死んだら王太子殿下に面倒を見てもらう予定だったため、慣れさせるためにもフリンドン邸で働いてからは王太子殿下に預かってもらっていた。

長年共に過ごした可愛いペットだ。すぐに引き取りに行こう。

「皆、やめないか」

カイル様が三人と私の間に入って言った。さすが私のヒーロー、カイル様！　素敵ぃ！

「ここからは俺が説教をする」

いやーーーーー！

私はカイル様が父にしていた説教を思い出した。

私から見たらかっこよかったが、今思い出してもとても怖かった。

あれを私に……？

「そうですわね、カイル様がするべきですわね」

「カイル様の話ならオフィーリア聞くし」

「しっかり理解させてくれよカイル」

どうしてこういうときは皆結束力が強いのか。

あっさり私をカイル様に任せて、皆部屋から出て行ってしまった。ちなみに今いるのはカイル様の執務室である。

待って皆！　置いていかないで！

「オフィーリア」

カイル様が低い声で私を呼ぶ。

ああ、カイル様に名前を呼ばれるなど喜ぶべきところなのに、今は恐ろしくて逃げ出したい。

しかし私はカイル様に対してイエスマンなので、逃げるという選択肢が存在しない。

「はい」

私はビクビクしながらカイル様に向き合った。カイル様は表情の読めない顔で私を見ている。

「生きて幸せになると決めたんじゃなかったのか？」

カイル様の言葉に、私は目を瞬いた。

そう、それは母の遺言である。

「覚えていたのですか!?」

「思い出したんだ」

思い出した。思い出してしまったのか。記憶から消えてはいなかったのか。

あのときの私はとても醜《みにく》かった。痩せていて髪もボサボサで、寝不足で隈《くま》もあったし。

その私の姿を覚えられているのは恥ずかしいが、カイル様が私との大事な思い出を忘れずにいてくれたことは嬉しい。

私にとって、一生忘れることのできない特別な思い出だから。

「よく見ればあの頃の面影があるな。なんで俺は気付かなかったのか……」

「逆にすぐわかったらわかったでショックですけどね」

なにせ一番醜かったときの私だ。今の中の上の私を見て、下の下だった私に結びついたらそれはそれでなかなか悲しい。

「やはり瞳の色だな」

カイル様がグイッと顔を近付ける。

ち、近い近すぎる！　カイル様の麗しいお顔が触れそうな距離に！　ああああ大変眼福《がんぷく》でございます！　毛穴一つなく美しいです素晴らしい美！

「目の色が変わるだけで人の印象も変わるな」

今の私はもうガラス玉は必要ないので、そのままの瞳の色だ。

イズマール王国の王族である証《あかし》の、ルビーの瞳。

「確かに人の顔を瞳の色で認識したりしますもんね」

カイル様なら紫色。

もしカイル様の瞳の色が変わったら、私は気付くだろうか。

いや、気付くな。秒で気付くな。だてにカイル様だけを見つめ続けていない。

「それで、なぜ母親の遺言を無視するようなことを？」

カイル様に再び問われ、私はどう答えようか迷いながら、口を開いた。

「母の遺言があったからこそですよ」

「なに？」

母は幸せになってと言った。生きてとも言った。

だけど、もし生きることが叶わないのなら。

「死ぬことが決まっているなら、幸せになってから死なないといけないと思ったのです」

私が幸せになるにはどうしたらいいか。

私の幸せはカイル様と共にある。

カイル様のそばにいて、彼のことを死ぬ日まで見つめることができたら、これほど幸福なことはない。

「だから、死ぬ日までカイル様のおそばにいられるように、王太子殿下にお願いしたのです」

カイル様のそばにいられるなんて、考えたこともなかった。まさか死ぬことになってからその権利を得られるとは思ってもみなかった。

そしてこの一年は、確かに幸せに満ちていた。

「馬鹿なことを」

カイル様が目を伏せた。

「あれだけ努力して生き抜いたのに、自分や母親を虐げたやつらのために死ぬことになって、母親が喜ぶとでも？」

「うっ」

そう言われるとぐうの音《ね》も出ない。

親不孝と言われればその通りである。ちなみにこの親に父は含まない。

「一人で勝手に先走って」

「うっ」

「最終的に皆に迷惑をかけて」

「うっ」

どれも私の心にグサグサ刺さる。

「すみません……」

私はしょんぼり肩を落とす。

「違うだろう」

カイル様はそんな私に首を横に振った。

「こういうときはどう言えばいいか教えただろう?」

こういうとき……。

私はカイル様と出会った八歳の頃を思い出していた。

謝ってばかりだった私にカイル様は……。

「ありがとうございます」

お礼を言うようにと教えてくれたのだ。

カイル様はにこり笑みを浮かべる。

「どういたしまして」

カイル様の笑顔!　なんという眩しさ!　浄化されそう!

「今のこの瞬間を絵画にしたい」

「やめろ」

なぜです絶対国宝になりますよ!

なんなら私のお墓に入れてほしい。

あ、いけない。ついまた死後のことを考えてしまった。

この一年で習慣づいてしまった癖である。

だって死ぬことを前提に生きていたのだから仕方ない。

だけど、これからはそうじゃない。

私はカイル様を見た。

幼い頃、私を救ってくれた、私の英雄。

そしてまた私を救ってくれた、最愛の人。

この人と共に、生きていく。

「カイル様」

「なんだ」

「私のこと、いつ好きになったんです？」

私が訊くと、カイル様が固まった。

「カイル様？」

声をかけると、カイル様は耳まで真っ赤にしてなにか口にしたが私には聞こえなかった。

「なんです？」

「もう言わない」

「え！　そんな！」

ご無体な！

「お願いします〜！　あと一回だけ言ってください〜！」

「嫌だ」

「カイル様のイケメン〜！」

「褒め言葉だぞ」

「嘘でもカイル様を貶《けな》すなどできません」

私の言葉にカイル様が思わず笑う。

カイル様の笑顔をもっと見たい。

「カイル様〜、もう一度だけ！」

「言わない」

私のお願いを断るカイル様だが、私から逃げようとはしない。それがたまらなく嬉しい。

私、生きている、今。

一年前は、死を覚悟したのに。今再び死ねと言われても、その通りにはできそうにない。

私はカイル様の手を握る。振り払われないことに、胸が熱くなる。


私はここで、この先を、ずっと生きたい。

この人と一緒に生きていきたい。

あとがき

初めましてもそうでない方も、こんにちは！　沢野《さわの》いずみと申します。

『「好きです」と伝え続けた私の３６５日』をお手に取っていただきありがとうございます。


こちらの作品は、『小説家になろう』にて投稿した短編を長編化したものです。

短編から大幅加筆し、より登場人物の解像度も高まり、短編を読んだ方も読んでない方も楽しめたのではないかと思うのですが、いかがでしょうか？

後半になってようやくオフィーリアの謎が出てくるのですが、実は前半に結構ポロポロとヒントを入れてます。

一度読んだ後にもう一度読むと「あ！　このときオフィーリアがこう考えてるのってこういうことだったんだね!?」とわかる仕様になってます。

なのでぜひお時間があったら二回目の読書タイムを満喫して、一回目と二回目の読了感の違いをご堪能いただければと思います。

そして、オフィーリアが初めから自分の未来をまったく思い描いていないということに、勘のいい読者さんなら気付かれたのではないでしょうか。

それは彼女が覚悟を決めているからですが、その一方で、未来を考えられるヒルダを羨まし

あとがき

いと思う気持ちも持っています。

生きたいという気持ちだけで生きられない女性の話でした。

本作品の出版に際して、尽力してくださった方々に、この場を借りて感謝を述べさせていただきます。ありがとうございました。

数ある書籍の中から、『「好きです」と伝え続けた私の365日』をお手に取っていただいた読者の皆様にも深く感謝申し上げます。本当にありがとうございました。

また次回作もお手に取っていただけますように。

二〇二三年十月吉日　沢野いずみ

この本を読んでのご意見・ご感想・ファンレターをお待ちしております。
<宛先>〒104-8357　東京 中央区京橋 3-5-7
（株）主婦と生活社　PASH! ブックス編集部
「沢野いずみ先生」係
※本書は「小説家になろう」（https://syosetu.com）に掲載されていたものを、改稿のうえ書籍化したものです。
※この作品はフィクションであり、実在の人物・団体・法律・事件などとは一切関係ありません。

PB
PASH! ブックス

「好きです」と伝え続けた私の365日
2023年10月16日　1刷発行

著　者　沢野いずみ
イラスト　藤村ゆかこ
編集人　山口純平
発行人　倉次辰男
発行所　株式会社主婦と生活社
〒104-8357　東京都中央区京橋 3-5-7
03-3563-5315（編集）
03-3563-5121（販売）
03-3563-5125（生産）
ホームページ　https://www.shufu.co.jp
製版所　株式会社明昌堂
印刷所　大日本印刷株式会社
製本所　下津製本株式会社
デザイン　井上南子
編集　黒田可菜、馬田友紀

　ISBN978-4-391-16137-3